# 遥远的意大利蓝

*Falling in Italian Blue*

乐珍君 著

中国经济出版社
CHINA ECONOMIC PUBLISHING HOUSE
·北京·

**图书在版编目（CIP）数据**

遥远的意大利蓝/乐珍君著.
—北京：中国经济出版社，2020.1
ISBN 978-7-5136-5763-1

Ⅰ.①遥… Ⅱ.①乐… Ⅲ.①长篇小说—中国—当代 Ⅳ.①I247.5

**中国版本图书馆 CIP 数据核字（2019）第 139276 号**

责任编辑　孙晓霞
责任印制　马小宾
插画设计　史从宜
封面设计　任燕飞设计工作室

**出版发行**　中国经济出版社
**印 刷 者**　北京柏力行彩印有限公司
**经 销 者**　各地新华书店
**开　　本**　880mm×1230mm　1/32
**印　　张**　9.375
**字　　数**　190 千字
**版　　次**　2020 年 1 月第 1 版
**印　　次**　2020 年 1 月第 1 次
**定　　价**　49.00 元
**广告经营许可证**　京西工商广字第 8179 号

**中国经济出版社** **网址** www.economyph.com **社址** 北京市东城区安定门外大街 58 号 **邮编** 100011
本版图书如存在印装质量问题，请与本社销售中心联系调换（联系电话：010-57512564）

总要有

一次任性的恋爱

和

一段浪漫的旅行

才

不枉此生

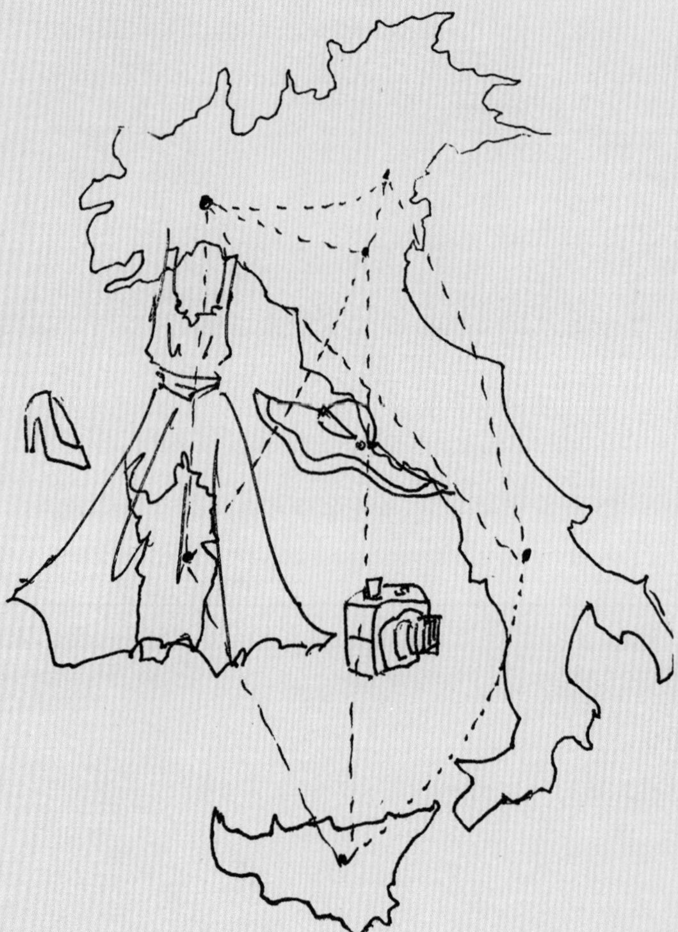

# 目录 Contents

## 1 一个人的罗马假期



## 2 来自天空之城的梦幻蓝

## 3

## 偶遇那不勒斯



## 4

## 走吧，到托斯卡纳去

# 5

## ONE NIGHT IN 威尼斯



# 6

## 米兰不是最后的晚餐



# 7

## 尾　声

# 1

# 一个人的罗马假期

# 米兰机场的清晨

**人活着，总要有一次任性浪漫的旅行。**

“各位乘客，本架飞机马上就要在米兰马尔彭萨国际机场降落，感谢您搭乘本次航班，祝您在米兰有一个愉快的旅程。”

机长广播完毕，我的心耐不住地激动起来，竟然要比预想的时间提前一个小时落地，真是出乎意料。我揭下补水面膜，慢慢用手推拍着脸上余下的精华，戴上耳机，这个时候让 Beyoncé 魔性的 Crazy In Love 陪我一起迎接即将开启的美好假期再合适不过了。脸上的肌肤已然喝足水，等下只需再涂上口红即可。如此应该不会让一个只身前来的中国女孩，在米兰这个时尚大都市的摩登机场显得太过疲惫。

凌晨五点半的太阳光从大玻璃窗斜射入马尔彭萨国际机场候

机大厅，我和我的行李箱拖着长长的影子，漫无目的地在巨大半裸身体的男模广告牌子下面溜达。等候转机罗马大约需要六个小时，足够我好好想一想后面的旅程。实际上直到现在，我的身体已经确确实实地来到了米兰，可是我的脑袋瓜还是蒙蒙的不敢相信，心里似乎依旧没有搞清楚：这一场属于我一个人的意大利旅行如此任性疯狂，到底是怎么成行的呢？

“在吗？你赶紧给我出现！告诉你一个天大的好消息，我撞了大运！”三月底，我刚刚从 HR 老总那里拿到今年夏季年假批准的签字，手机微信就嘟嘟叫了两声。“老板刚才把我叫去，你都猜不到！他说七月底要派我一个差事去意大利两周！我的妈啊——来吧——宝贝儿！这可是天赐良机，你快去请年假，到时候你来找我玩。两周哎——我们可以公款住一间屋子，我们可以一起去罗马看斗兽场，一起去托斯卡纳喝酒吃牛排……”文杰是我的铁磁儿，偏巧这个时候不早不晚忽然蹦出来召唤我，难道这是上天的安排？我看着她标志性的挑逗表情呆了足足一分钟。然后，两个大拇指忽然间被同时唤醒，忙不迭地迅速把这条回复了过去，“好！就意大利！我们俩，七月底不见不散！”大概是怕自己改主意吧，直到看着消息“唰”地一下发送成功才舒了一口气。

接下来，我的如意算盘就开始不停地“噼里啪啦”打起来，上网订机票、查线路，忙得不亦乐乎，一切计划都似乎完美，那

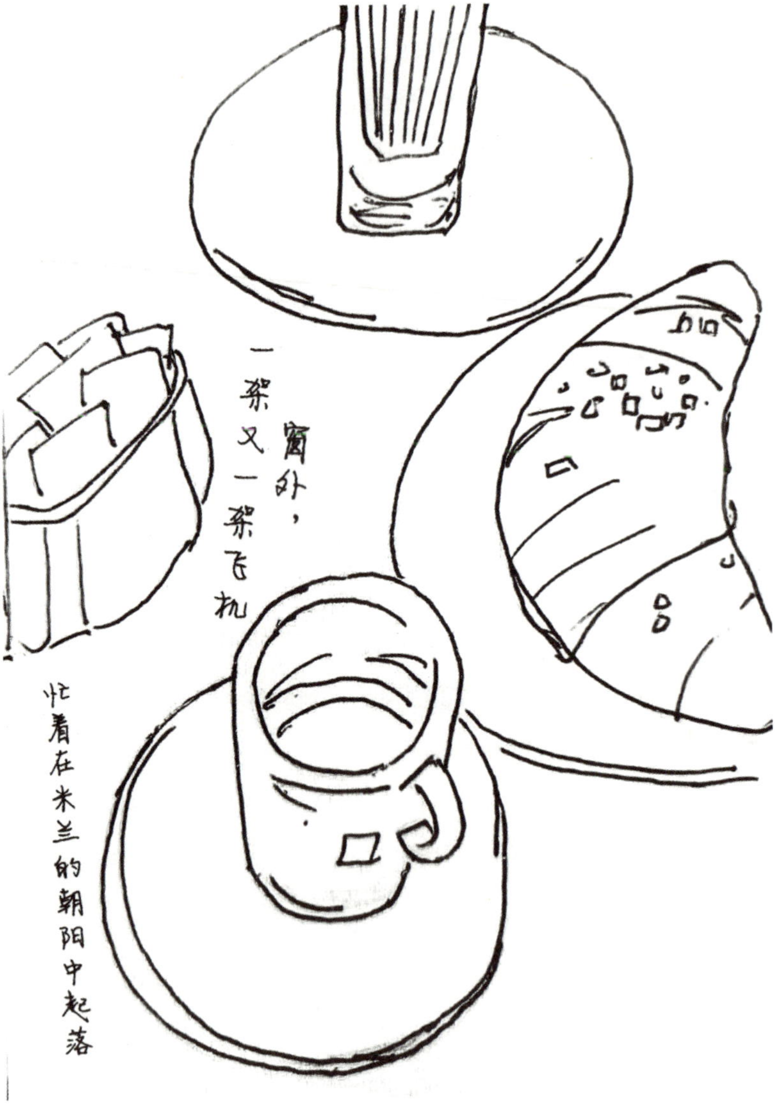
窗外，
一架又一架飞机
忙着在米兰的朝阳中起落

真是个曾经让我想想都流口水的假期计划。

窗外，一架又一架飞机忙着在米兰的朝阳中起落。此时的我还清清楚楚地记得当时给文杰发完那一条约定的微信以后，小心脏“突突突”地使劲儿跳了几下的感觉。可惜，此时此刻，587公里以外的罗马那边，并没有一个叫文杰的傻女人开好了房间等着我。是的，文杰的老板后来改了主意换了人选。知道这个消息的时候已经是六月初，我们俩坐在新开的一家户外烧烤撸串，傍晚的小风凉飕飕吹得舒服，郁闷的我们喝着啤酒骂着娘。文杰当然不开心。我呢？被她忽悠的这个我该怎么办？为了省钱，我的那张北京—意大利往返机票提早就订完了。现在让我上哪儿去找一个三观一致说得上来，又有假期的人结伴儿同行遥远的靴子国呢？只能认命了，天上根本就不会有任何馅儿饼掉下来，更不要幻想砸到自己的脑袋上，就算脑袋再大也不会被砸上。这个时候，一个女孩无论你怎样天生丽质，没有男朋友的这个劣势也会被明显放大。

不知道是不是用脑过度，还是旅途劳顿，飞机上刚吃了东西的肚子又开始咕噜噜地狂叫。我找了一个靠近窗户的快餐咖啡店坐下，巧克力羊角面包就着纯正的意大利浓缩咖啡入口，香气立刻在口中旋绕，看着落地窗外射进来的阳光位置一点点变化。这个时候如果可以吃到自己做的草莓戚风蛋糕，松软无比的原味蛋糕，只需简简单单搭配新鲜的奶油和草莓，就足以让舌尖得到满足，那就真的太完美了。不过，无论如何，肚子不再抗议，我的心里好像也有了底气。就这样吧！我闭上眼睛。

我叫陈光，爸妈觉得我的降生给他们的生活带来了光明，就给我起了这样一个简洁明了又有内涵的名字。人家也都觉得我的这个名字叫起来特别顺嘴又好记住，那是当然的，因为大多数人的家门口或者学校附近都会有一个叫晨光的文具店或者早点铺。大学毕业以后我顺利地应聘到一家不大不小的外企，生活无波无澜，朝九晚五地挣着能养活自己的银子。

每天下班我不会像其他女孩子喜欢去逛街，反而逃跑似的早早回到家，把自己关进小厨房，从冰箱取出鸡蛋，打开面粉袋，排列上各种食材，烘焙不一样的甜品蛋糕。这是我的一个秘诀——无论遇到多么大的烦心事，只要我看见扔进烤箱里面的面团在暖灯的照耀中慢慢膨胀并且悠悠地从里面向外散发出抵挡不住的香气，顿时就会心情大悦。当然，要是有时间我也喜欢出门到外面旅游，走一走不一样的地方，尝一尝没吃过的食物。对于美食的依赖和追求在我内心是站绝对“C 位”的，可以完全压倒各种其他的感觉和欲望。我还有一个梦，那就是尝尽天底下所有好吃的东西，回家慢慢研习，待到有朝一日做给我心爱的男人品尝。朋友们对于我这枚现代女孩还保留着貌似传统守旧的思维都纷纷表示不屑，这其中甚至包括我老妈，她们说做饭会把女人的手弄得粗糙，男人谁还会喜欢。可我不怕，我希望男人喜欢的是我手指间留住的爱的味道。虽然现在这个男人还没出现，但我并不着急，

米兰机场的清晨

是我的早晚会来。

但是像现在这样，自己一个人坐在意大利米兰机场吃早饭的情景，我真的从来没有想过。周围充斥着听不懂的意大利语，一想到后面还有将近二十天属于我一个人的旅程，心里顿时七上八下地开始忍不住假想各种意外状况的发生。我承认自己的性格有点小怪异，我也承认自己平时的胆子有点大，可就算如此，我总还是一个乖女孩，怎么也想不出自己会独自跨越半个地球，踏上这么一个遥远的陌生国家，而且大多数人都会说这里并不安全。

“到了，一切都顺利。”拍了几张机场自拍给家里报了平安交作业。这件事，我其实是跟家里撒谎了。我没有敢告诉老父亲和老母亲实情，他们知道的版本还是停留在最初的那个美好计划。否则，如果我让他们知道了文杰的变故，不用猜，我妈刚好新退休在家无聊，她一定是会乐颠颠地跑去签证、买票跟我出来的。如果真是那样，我的这个好不容易争取来的假期和这个计划很久的旅行就会变味儿了。我爱我妈，非常爱，但是只要我想到，跟这位老母亲在一起的我，只用鼻子都能听到她没完没了的唠叨，各种恐怖的状况让我立刻自动断电，关掉脑子里面这个开关。就让我自己偷偷地疯狂一次吧，无论结果是生是灭，我都认。

人活着，总要有一次任性浪漫的旅行。

伟大的意大利，我来了。

# 天空下的普鲁士蓝

**——我就像一个梦游的人，分不清东南西北盲目地穿梭在人流中，头顶烈日，走过巴尔贝尼广场，走过许愿池，走过真理口，一直走到帕拉蒂尼山，在蓝得有些不真实的天空下暴走不停，内心愧疚无比，感觉自己已然辜负了罗马的伟大。**

已经是入住罗马后的第二个早晨了，依旧有点时差，并不用叫早闹钟，我还是会自然醒来。酒店的房间很小，床边的墨绿色丝绒窗帘完全遮住了外面的世界，屋里漆黑一片。我其实也并不想知道现在到底是几点了，只知道外面的西班牙广场静得没有任何声音，应该还很早所以没有几个人，来到罗马朝拜的游客们还都在梦里呢。

大概全世界的人民都免不了跟我一样，幻想着在美丽的西班牙广场前，自己成为黑白电影的美丽主角安娜公主，一口就能吃到最美味的冰激凌，如果可以再来一场浪漫的邂逅真是太好不过了。可惜理想是丰满的，现实却永远都是毫无悬念的骨感。第一天到达罗马，我就被西班牙广场前密密麻麻的游客打败了，真的。

罗马是古老的，必须承认这个具有2500多年历史的意大利最大的城市是一座永恒的城市，它是世界文化的发源地之一，它沉淀了无数历史故事，可我就是不知道为什么，如此伟大的城市却不能让自己提起一点兴趣。

我想可能是时差作怪，导致我没有分泌足够的多巴胺的缘故。踏上罗马的石板路，当一个又一个的教堂和方尖碑出现在眼前，除了有震撼的感觉却根本想不起来这个地方之所以让我震撼的来龙去脉，这一点就让我感到不爽。我就像一个梦游的人，分不清东南西北盲目地穿梭在人流中，头顶烈日，走过巴尔贝尼广场，走过许愿池，走过真理口，一直走到帕拉蒂尼山，在蓝得有些不真实的天空下暴走不停，内心愧疚无比，感觉自己已然辜负了罗马的伟大。

黑暗里的我躺在床上，只是呆呆地幻想着，如果能有一个知识渊博的同伴，哪怕就是一个导游，能陪我一起在石板路上暴走，他可以给我讲一讲罗马的故事，不要说把罗马这700多个天主教堂和修道院每一个都讲到，只要把最主要的地方让我明白一点的话，那么罗马给我的感觉就肯定不一样了。

也不能说完全都是迷糊地走马观花。可不是嘛，昨天，就是在罗马斗兽场我似乎占了个大便宜，现在想起来我都忍不住乐两下。凭着提前在网上买好的电子入场券，夹杂在游客中间，我终于站到了斗兽场最上层，看着下面残垣断壁的大石头群，努力想象着自己是一位观看斗兽的贵族小姐，手举太阳伞正在烈日下津津有味地观看强健的角斗士与野兽搏斗厮杀。可是，角斗士是谁，他们到底是什么样子？跟电影里面一样吗？他们战死了么？我不知所措，索性放弃想象，对准石头群胡乱拍照片。

“刚上位的苇斯巴芗为了取悦市民，下令修建了这个人民乐园——克洛塞斗兽场。根据罗马史学家狄奥·卡西乌斯的记载，斗兽场建成时罗马人举行了为期 100 天的庆祝活动，宰杀了 9000 只牲畜。”一个浑厚的男中音从身后传来，虽然这个声音并不大但是我可以听得很清楚，心里第一反应，“有中国导游在讲解！”我不自觉地朝着声音挪动手中的相机，一对老夫妇和一个身穿普鲁士蓝色棉麻上衣的背影擦肩而过。“有人说，洛格赛是永恒的象征”，“普鲁士蓝”还在继续引着老两口向前，我忍不住也托着相机跟上去。“罗马帝国的主流思想审美也纵容，组织民众观看比赛是统治的一种手段，罗马人从小就痴迷血腥的场面，这个斗兽场刚好就可以满足他们对于野蛮行为带来的快感，正对他们的胃口。”

五点多的罗马斗兽场有一多半的位置被太阳晒得冒油，眼前这突然出现的一抹蓝色和他的声音意外地让人心平气和，我听得

夕阳下的斗兽场

心中窃喜频频点头，“赚到了！”大概是心里一时间过于欢乐导致我忘乎所以跟得太紧，“普鲁士蓝”的声音忽然顿了一顿，他好像在转回头看。“完了，这么厚颜无耻地蹭讲解偷听被人家发现了！”我被这个突如其来的转身吓个半死，慌忙低下头摆弄手里的相机。然而，不过是我做贼心虚想多了而已，那个声音又在继续。“阿弥陀佛，应该没有被发现。嘁！就算发现我蹭听又能怎样？反正给两个老人讲也是讲，多一个我听对他并没有损失。”我故意稍稍落下了一段距离，却依旧能听清楚前面滔滔不绝的讲解。“请看这边，罗马贫民在普通观众席上喝酒打架，而贵族会在这些精致的包厢里，边吃边喝舒服地等待着闷热的囚笼中的野兽和角斗士出场。”音量加高了？难不成真是刻意提醒，先礼后兵？“算了，已经被人家看穿了，一个女孩子家还有没有羞耻感？”我转身落荒而逃。

微信嘟嘟叫了好几声。“怎么样啊，宝贝儿？一个人的罗马假期还好吧？”是文杰，这个该挨千刀的。“我好得很，网红店里龙虾意面随便配上红葡萄酒就是人间美味，不要太馋。还有，这里遍地帅哥艳遇不断！”

我懒懒地逗她，给自己也提提神，随手发了几张照片给她。是该起床了，今天我的确不能晚，从某宝上报名的宫崎骏灵感来源之地天空之城一日游，八点半在罗马火车站的麦当劳集合。

# 2

# 来自天空之城的梦幻蓝

# 天空之城遇险记

**——天气有点阴，太阳光努力地穿过厚重的云层映衬着空旷的山谷，一条长桥步道带着仙气从眼前抛向突兀在对面巨石悬崖之上的那一座青灰色石头房子孤岛，那便是天空之城了，在带着蓝韵的阳光中显得格外桀骜不驯。**

“您好，这里是罗马旅游，请问您是报名参加天空之城一日游的陈光小姐吗？”电话响起来，听筒那边的声音不慌不忙，好像早就预料到会有我这一个找不到路的游客出现。奇怪的是，这个声音怎么听起来这么耳熟，在哪里听过呢？先顾不得这么许多，原来罗马火车站可不只有一个麦当劳，我赶忙打开 Google map 循着亮点一路小跑找过去。

“对不起对不起，我来晚了！”我还没有看清眼前的导游和同团的游客，只管自顾自地带着一脸尴尬慌忙道歉。“人都到齐了，今天我们这个团很舒服，加上小朋友也只有三位游客。我是你们的导游，大家可以叫我导游，也可以叫我的名字冷特，随意啦。”又是这个似曾相识的男中音。

“冷特，好奇怪的名字？”我忍不住打量起眼前这个高个子男导游，他大概三四十岁，不对，一头略卷而浓密的头发里面掺杂了不少白发，这么看来他的年纪怎么也要四十开外。他的脸庞生得四四方方，眉毛浓密，希腊式的大鼻子跟一对细长的眼睛比起来略显得豪放，嘴巴普普通通，古铜肤色被身上穿的衬衣映得发亮。嗯，他穿了一件棉布空气蓝小立领衬衣，清清爽爽地扎在牛仔裤里，身体线条如此一来显得无比流畅，这位长腿导游大叔还挺帅气的嘛！怎么觉得这个人在哪里见过？“我们可以走了吧！”四方脸似笑非笑地对着我瞧，眼神显得有点令人琢磨不透。“天哪，我这是在干什么？”我为自己刚才瞬间的失态感到意外，赶紧低下头移步跟了上去。

我们走出火车站穿到后面的小路停车场，我的妈啊，竟然是一辆银色豪华宝马轿车等在那里！简直不敢相信自己的眼睛。“请上车，妈妈和小伙子在后面坐好。”冷特大叔边说边打开后座车门，母子欢喜地上了车子。“陈小姐就坐前面好了，刚好适合你一路用相机拍照沿途风景。”我假装没有在意眼前这辆豪车，东张西望着左右，可还没等我缓过神，副驾驶的门已经打开，我一下子被塞进了车里。

“天空之城实际上就是白露里治奥城。2500多年前，意大利半岛上最古老文明的创造者伊特鲁尼亚人在一块俯瞰台伯河的凝灰岩高地上建了这座城市，历史上也曾繁华一时。但它所依托的高地太脆弱了，一次又一次的地震导致了悬崖边缘不断地坍塌，把这里一座座建筑都带入了谷底。被天主教廷封为圣人的圣德文是出生在这里最有名的人物，这位但丁在《神曲》中曾经提到的中世纪神学家，童年时代居住的房子曾被崇拜者改建为教堂，如今却只剩下一堵残墙和一段挂在悬崖上的无法到达的楼梯。从十六世纪起，白露里治奥的居民开始从这座不断塌陷的城市移居到对面山上的巴尼奥雷焦，到十七世纪末，连主教和镇政府都搬出去了，这座城池也就在十九世纪慢慢蜕变成一个孤岛。”从罗马一路开车到天空之城大约两个半小时，这对于一个自由行的路痴来讲太困难了，于是我就大着胆子试着网购了这样一个国外一日游，没想到竟然是这么高规格的待遇。从罗马开出来沿路风景不断变化着，我心里忍不住窃喜，更不能浪费眼前宽阔的视野，忙着举起手里的单反相机和手机轮番轰炸似地拍照，当然也没有耽误听着旁边驾车的冷特一边开车一边好像自说自话的讲解。“这里和外界唯一的连接只有一条步行道，所有的现代化交通工具都进不了城。二十世纪八十年代，有个叫宫崎骏的日本人来到这里，大家可能都认识他，对，你们当然认识，他是一位有名的动漫家。当这位日本大叔站在山谷边仰望，据说当时云雾缭绕的小城若隐若现，恍如浮动的城堡，动感、梦幻的画面给了这位动画片制作大师极大震撼，创作灵感油然而生。1986 年宫崎骏推出了《天空之城》，影片中少女希达和少年万斯纯洁善良的形象和动人故事深深打动了观众，人们开始关注起现实世界的拉普达，天空之城就渐渐成为白露里治奥的代名词。”

“天空之城其实并没有因为出名而幸运起来，它却依然需要直面垂死的命运。据 2004 年的一份研究报告，1992 年城北地缘收缩了近 2 米；1993 年同一地点的悬崖后退了 6 米；1996 年的泥石流使 3 年前塌方堆积的土石高出了 80 米；1999 年 4 月大约 1000 立方米的碎石滑落山谷中，而新近观察到的情况，西面悬崖又出现崩塌……2006 年世界遗产基金会将天空之城列入 100 个最濒危遗址的名单，理由除了它所面临的地质侵蚀的危机外，还有毫无节制的旅游开发。”声音顿了顿，“太讨厌了！我不想让天空之城死掉！”后面的小男孩容不得一刻的安静，我也放下手里的相机，别过脸朝身旁看了一眼，奇怪的是，在古铜色的脸庞上并没有找到我想象中应该有的哀愁或者愤慨，冷特大叔只是在平静地开车，我想他一定是说累了需要休息，便也不去打扰他，静静地等待着与那不远处的童话城堡相遇。

**天气有点阴，太阳光努力地穿过厚重的云层映衬着空旷的山谷，一条长桥步道带着仙气从眼前抛向突兀在对面巨石悬崖之上青灰色石头房子，仿佛是一座孤岛，那便是天空之城了，在透过蓝色天空的阳光中显得格外桀骜不驯。**不知当年的宫崎骏是不是也看到了跟我眼中同样的画面而激发了灵感，至少现在我的心里

宫崎骏笔下的天空之城

还是非常为之震撼了。

“好了，我们可以从这边买票进去城里走一走，城里其实并不大，原生居民也没有剩下几家，倒是有一些外来人在那边开的一些小店铺，有兴趣的话可以转一转，也可以找一家咖啡馆坐下来喝一杯。时间并不紧张，大家尽兴。”我们站在了长桥的桥头，因为来得比较早四周还没有太多的游客，桥的另一端就是那座神秘的城池。

桥头上立着一个远眺天空之城的少女铜像，桥头旁边有个售票处，票价很便宜，只要三欧元。走过长桥登上了城门口，我已经气喘吁吁，其实走进这座城以后就会发现，果然像刚才介绍的一样，就是一个好像还停留在中世纪的小村子。房子基本都是粗石砌成的罗曼式，主教堂有一个文艺复兴的正面，真正的居民住户很少，但是他们每一家的院子都收拾得很漂亮，种满不同品种颜色鲜艳的花。像我一样的游人不能进入私人领地，只能眼巴巴隔着院墙铁栅栏看一看宛如世外桃源的里面，其他的就是旅行的小礼品店，还有些餐馆、咖啡店和小旅馆。

我一个人托着相机各种拍，也没有什么目的，大概有二十分钟就差不多把这里转遍了。同车的那一对母子迎面走了过来，“姐姐你跑得可真快，我们都找不到你了。”小男孩胖乎乎的脸蛋上挂满了汗珠。“是呀，我们一扭头就不见了你的人影，我们想你可能喜欢自己玩，所以也没在微信群上叫你。导游带着我们一起上来参观了一圈。”妈妈也拿着手里的小折扇使劲儿扇着，其实太阳不足，所以我并不觉得有这么热。“先走了，等会儿微信联系集合吧。”看着母子手牵手走远，我心里忽然冒出来个怪怪的感觉，“这位冷特大叔也真是不够厚道，怎么就可以撇下我开小灶。”

“快下来！危险！”从小城边往外面的山谷看出去也是别有一番景致，我探出半个身子又是相机、手机快门好一通按，忽然听见身后一声大吼。

“导游，你，你怎么在这……”我被吓得一惊，猛然间扭头，脖子上挂着的佳能相机立刻处于失重状态，拽着我整个人朝着地面栽下去。还好，冷特大叔的腿脚很是麻利，一步蹿上来，用手揪住了我的胳膊。

我强忍着“突突突”要蹦出来的心落地站稳，完全没有搞明白到底发生了什么。

“没事吧？摔着没有？”

“你——干什么啊？”惊魂未定的我瞪着眼前这位强悍大叔半天才缓过神，发现他的手还死死地抓着我的胳膊，我赶忙用力甩开。这简直是莫名其妙。

“我干什么？”冷特大叔好像有些不知所措，呼了一口气，才又接着操起他标准的男中音说：“不好意思陈光小姐，我觉得作为你今天的导游，我还是有义务提醒你：一个女孩自己在外旅行要各种注意才是，否则笑话也好、危险也罢都是无处不在的。昨天，你跟着别人后面蹭听导游讲解；今天，你又到旅游景点做刚才那样的危险动作。你就不怕明天的意大利各个新闻媒体又多一条狗血的报道：一名中国籍年轻女子昨天在著名的景点不顾生命危险登高拍照，不幸跌落。”

“噗——”我终于想起来了，原来这位冷特大叔就是昨天的“普鲁士蓝”。

“有什么好笑的？”对面冷特大叔显然在努力控制脾气，伸出拳头揉了揉自己希腊式的大鼻子。

“有没有这么夸张啊？”看见他那张帅气的黑脸上挂满了大汗珠，我才发现自己刚才的心慌气短已然恢复正常，一时之间倒来了兴趣逗一逗这个又憨又认真的导游大叔，于是忍着笑辩驳说：“你倒也真是有着极敏感的职业恐惧病，还不幸跌落——可太有想象力了！我说怎么就看你这么面熟，原来你就是昨天那个小气的导游啊！怎么刚才不揭穿我呢？”

“我哪儿有那么多闲工夫去管你昨天做了什么，只是你今天在我这儿，我不能允许我的客人出现任何状况。”他好像真生气了，说完扭身便走。

“哎——哎——别走啊！导游！你刚才明明没有说要带着我们一起进城讲解的，等我自己进来了你又单独给同团的客人讲解啦？你都给他们说啥了，给我也讲一讲啊！不能这么不公平！我们都一样交了钱的！”我紧跟着眼前的空气蓝追了过去。

“嘿，导游——导游——你慢点儿——”我几步小跑追上前面气呼呼疾走中的冷特大叔，“我说你走得这么快干嘛！我想跟你解释一下啊，昨天我并不是有意蹭听你的讲解！我当时一不留神正好听见你讲的故事，觉得好听，我……我是不自觉地跟着你们来的！”前面的空气蓝还在迅速移动，我偏就紧跟着，继续说，“后来，等你发现我，哦也不是，就是等我发现我自己有点蹭导游的嫌疑，我就马上离开了啊！” 空气蓝终于停下来，冷特大叔转回头，也不说话，没有任何表情反馈好像是在等着我接着说，但是我在他的眼中看到一闪而过的盛怒。这么一来，我反倒有点儿忘了台词，声音也比刚才降了八度，低头不看他的眼，说：“我就是自己一个人来旅游，一边暴走一边发现我根本看不太明白这里的历史遗迹，即便我随时问度娘，可还是不好使，但是我又没有那么多钱去请一个随行的导游给我讲解啊！好贵的！好不容易让我遇上个会讲故事的中国导游，我就没忍住多听一下而已。”我见他还是没有出音，有点急了，说：“也没有什么大不了的吧？请别随便给人家就上纲上线！”不知道是不是因为走得快还是说得太过激动，刚才明明不觉得热，现在竟然也是满头汗珠子顺着发烫的脸颊往下一个劲儿地流，不用看也能猜得出我的脸一定涨得通红。好尴尬。我低头下意识地用手揉着刚才被他捏红了的胳膊，真希望这地上有条缝。

“对不起，我有点着急了。我要保证客人的安全才安心，刚才——我没有别的意思。”听见冷特大叔说话的语气缓和了许多，我重新抬起头看他。他似乎是努力朝我挤出一丝微笑，说：“如果你觉得我冒犯了你，我现在道歉。”

“请大家12点半沿着售票处前面的下坡路一直向前，我会在第二个路口等候各位。”十二点的时候，手机微信嘟嘟叫了一声，是今天这个一日游群招呼大家回去了。随后又是一声，“请大家注意安全，随时保持联系。”

我比那对母子提早到达了集合地点，远远就看见空气蓝等在树荫下，故意放慢了脚步。其实我心里也舍不得离开身后这个奇妙的天空之城，谁知道下一次还有没有机会再登上这座孤独的悬浮城堡呢。我不断驻足回头望过去，天空这个时候完全被乌云遮住，没有一丝光影变换下的城池离我那么远，忽然感觉心情有点伤，在不久的将来这座垂死之城会不会真的死掉呢？里面居住的人们和那些花儿还有那么多可爱的小懒猫，他们都要跟着死掉吗？

手机又开始接连嘟嘟叫起来，我打开微信一看，原来是冷特大叔在群里发了他刚才给那对母子拍的照片，他们摆着各种POSE，玩得很爽嘛！“该死的文杰，如果她在，我怎么会像现在这样孤零零一个人，还被人家各种DISS!”想起来自己这一场带有悲壮色彩的旅行就忍不住骂上文杰两句。

“等等，最后这一张，照片里那个身穿宝蓝色连衣裙的人不是我吗？”紧接着又是一张，“这里——这不就是我差一点儿摔下来的地方吗？”

# 慢下来，在石头城吃一顿大餐

**——一匙金灿灿的苹果派入口，质朴酸甜的原始香气和黑咖啡毫不矫情的贵族苦感即刻完美地在我的舌尖碰撞。这个时候，我是不是应该感谢冷特刚才的帮助呢？**

“谢谢你啊，真是第一次遇到像你这么好的导游！讲解得细致还负责跟拍。”不等我反应过来，男孩妈妈上车以后就是一通感谢，小男孩也跟着妈妈一直说谢谢叔叔。这倒好，我本来想质问一下他凭什么可以尾随别人不经过本人允许拍照，明明就是侵权。可是这样的情形下，我还能说什么呢？只能强忍心里的火气，出门在外不要生事，还是哑巴吃黄连吧。

“导游，我们现在是不是去吃午饭？”不管怎样，我肚子饿了，先解决主要矛盾。

“我早就饿了！”后面的小男孩大声应和起来。

“我们在返回罗马的路上，再开大约半个小时就可以到达山城奥尔维耶托。我们就在城里先吃饭，然后再参观。”冷特说话的表情我用余光看得清清楚楚，像是谁欠了他八百吊钱，估计是还在为刚才跟我的争吵耿耿于怀。

现在我终于有点儿明白旁边这个人，他为什么会叫这么一个怪名字。冷特，也许他父母给他起名字的时候就预料到了，他们的儿子长大以后会变成如此这样：特别地面无表情，特别地冷酷不近人情，真形象！瞎了我的眼，刚才还竟然觉得这个人清清爽爽的长得蛮帅气！而且，现在只要想起他那一对总是眯起来盯着你看的眼睛，我就会浑身过敏一样极不舒服。算了，忍一下吧，反正就只剩下后面半天的行程了。

“奥尔维耶托这座石头古城位于意大利罗马以北120公里处，它的位置其实正好处于罗马和佛罗伦萨这两大文艺复兴城市的中间，整座城高居于几乎垂直的凝灰岩悬崖之上，全部池建立在一整块火岩石上面。”冷特完全没有感受到坐在副驾驶的我的不开心，一如既往地边开车边介绍起来。说实话，他讲故事倒还蛮好听。“奥尔维耶托小城是一座具有3000年历史的文化古城，在意大利历史上的伊特鲁里亚古国时代，这里是一个要塞，曾经被罗马人洗劫，被哥特人蹂躏，后来被伦巴底家族占据。在中世纪的繁荣当中，它曾与佛罗伦萨和西耶那竞争出海口，又被教皇党和皇帝党争夺。1527年‘罗马浩劫’的时候，教皇逃到了奥尔维耶托，这座位于山顶上的石头小城一度成了教皇的避难所。”

“叔叔，我们等下吃什么？”小男孩好可爱，他大声打断冷特的自说自话，嚷嚷开:“我想吃比萨！妈妈，我想吃比萨！”“导游啊，请问能不能帮我们找一家比萨店，我儿子这一路就知道吃比萨，怎么也吃不腻，拜托啊！”“应该没问题，你们这个团是不含餐的，等下进城了，我带大家走过去，城里面很漂亮，到处是花也不吵闹，一路上也有一些小餐馆，我会帮你们选一家有比萨吃的餐馆。”真是难得，我悄悄看见冷特朝着后视镜抛过去一个温和的笑容。“我看大家都有点累了，不如先闭上眼睛休息一下，等到了目的地我会叫你们。”跟着，他扭开了 CD 的按钮，一个女生又慢又缓麻酥酥的声音瞬间弥漫在空气里，我从来没有听过这首歌，更不知道歌手是谁，只听见她反复唱着：“This is not a love song...”

听着听着，我看着前面的树林，迷迷糊糊睡着了。这一觉睡得还挺香，也不知道过了多久，等我被叫醒的时候，已经看见不远处的石头古城。

沿着山脚下的路，我们很快就开到了山顶的城外。“不知道各位今天旅行后会不会还有机会来到这里，如果你们下次来也可以乘坐火车到奥尔维耶托城。”冷特一边找车位停车，一边用手指了指前面不远的地方说：“出了火车站，乘坐一段索道自下而上同样可以到达这里，别有一番感觉。”

这时候一列老爷车车队出现在我们前面，驾车的是清一色打扮时髦的老头儿老太太，我急忙托起相机跟着他们狂拍。

“意大利本身就是慢城与慢食的发源地，小小的靴子国是拥有慢城最多的国家，而这里的慢城多数是中世纪的小城，区域特色相当明显。我们今天来的这个奥尔维耶托就是其中具有代表性的一座慢城，它也是世界上第一座慢城，如今也是这里著名的避暑胜地。意大利人都非常会享受生活，而意大利的老年人也一样，他们喜欢结伴来到这个慢条斯理的地方，找一个小旅店住下，悠闲地喝一杯咖啡，或者在小巷子里面漫步拉个闲篇。”冷特说这句话的时候，语气明显发生了变化，似乎已然进入二十年后那个老年角色。“希望我们老了也能达到这样的境界，开着拉风的小汽车，身边坐着老伴儿，当然最好再有一条漂亮的狗，一起度过人生最悠闲快乐的日子。”

“这座城市得以从二战的战火中保存下来，还多亏了守城军官和盟军少校达成的君子协议，战场因此后退二十公里。这样一来，尽管当年战火激战惨烈，但是这座小小的石头城却完好无损地保存了下来。”奥尔维耶托城内不允许开车，我们的大宝马停在了城外，冷特一边带着我们步行前进，一边给我们继续他刚才没有说完的介绍。

小城里面街道都比较窄，这里没有新建的房屋，两三层的小楼和平房都是从公元前一直就保留下来到了今天，房前屋后种满了各色鲜花，巨大的蜜蜂乐此不疲地忙着在花丛中工作。

“我们就在这附近吃饭，小朋友要吃比萨对吧？”终于要开饭了，时间将近午后一点钟，体能消耗太多，我已经饿得快低血糖了。“陈小姐，你要一起吃比萨，还是另外选择其他的，比如——”“我要意面！”我完全在抢答。“意面，OK。这样，我先帮小朋友要好午餐？”冷特貌似有点为难，看看小男孩，又转头对我说：“陈小姐请稍等，我随后过来帮你。”“不用啦，谢谢你！我自己可以搞定。”

实际上这位导游大叔真心多虑了，在吃的问题上他是完全不用替我操心的。就在小男孩母子进餐的披萨店旁边，我很快发现了一家看起来不错的小餐馆走了进去。餐馆外面用老木头围起来一圈露天位置，放了几张餐桌椅，我径直走过去挑了一个靠边的小桌坐下。这里的老板五六十岁的样子，戴着一副树脂黑框眼镜，有一定厚度的镜片后面一双和善的眼睛笑眯眯地耐心等着我选择点菜。老板只会说简单的英语，幸亏这里的菜单不复杂并且在意大利语下面都有一行英语，我选中了一个午饭特惠套餐：前菜蒜味面包小食，一份主菜蘑菇酱牛肉，主食是芝士小管面，最后还有一份苹果派配意式咖啡，并且自己又向老板要了一杯红葡萄酒。葡萄酒和三块分别顶着着鹅肝酱、油醋西红柿和原味的香脆小面包不一会儿就端上桌，小巧的面包立刻被我一扫而空，肚子一下子有了底我便也不再催着老板上菜，坐在户外的小街道旁边，举着酒杯透过半透明的暗红色琼浆慢慢地看眼前的街道也蛮有意思。

“怎么样，饭菜都点了？还吃得惯吗？”酒杯里，出现了冷特大叔。他就站在老市头围栏外面，听着我给他如数家珍一样重复了一遍我刚才点的套餐内容，竟然笑了起来，露出一口整齐的白牙。

“怎么？哪里有问题？”我被他搞得有点不知所措，“要不要过来坐下一起吃点？”

“没事没事，你还挺厉害的！我在那边吃就好了。你好好享受，不用着急，我们下午的时间很充裕。”

“哎——”这个人，总是这么神经兮兮的。

这座石头城果然是名副其实的慢城，小店陆陆续续上来客人，坐满了我身边的餐桌。这样一来，我的主菜和主食都等上好久才一一端上桌。现在，主菜撤了好一会儿却依旧不见甜品派的影子，我忍不住在心里想着前不久自己在家做酥皮苹果派的过程来打发时间：各种材料准备好，苹果去皮切丁，提前软化好的黄油用打蛋器慢慢打，直到黄油颜色变浅变轻，呈羽毛状。向打发好的黄油中加鸡蛋，筛入面粉和糖粉，把材料混合搅拌，下手揉成面团，用保鲜膜裹好面团放入冰箱，让它睡上一个小时。叮咚，面团该起床了，把它唤醒从冰箱冷藏室取出分成两份，一份用擀面杖推开，把推开的面皮覆盖在派的模具上，去边，再用叉子在模具里面的面皮上扎一些小孔放在一边松弛；另一份面团也擀薄，切成细长的窄条。接下来开火，小奶锅里放入另外准备的一份黄油，加白砂糖搅拌，砂糖在黄油里咕嘟咕嘟地融化，加入准备好的苹果丁，加少许肉桂粉继续翻炒，不能着急，一直到苹果变软香气四溢。凉透的苹果加入派皮里，铺满，最后把切好的窄条面皮编成网盖在最上面，再去掉派边，刷上蛋黄液。好了，托起沉甸甸的生派放进提前预热到 210 度的烤箱里，就等着后面飘出来的香气弥漫吧。即便等到午夜出炉，我也会抵挡不住它的诱惑必须吃上一块，方才安然入睡。

现在，后厨应该进行到了哪一步呢？整整一个小时过去了，我看见同行的小男孩拽着妈妈已经到处溜达。我的心里开始发毛，再也坐不住了。我抓住上菜的意大利小哥，跟他解释我要快一点吃到甜品并且喝上咖啡，因为还有人在等我，如果还要等很长时间，那我可不可以退掉，可惜他的英语好像比他的老板更加糟糕。

“对不起，我这边还不知要等多久，很多吃饭的顾客，老板好像有点忙不过来。耽误大家的时间了！”我也没有什么好办法，只能在微信群里说抱歉了。

“不要着急，我去帮你问一问，这里是慢城，这样的上菜速度都很正常，人们经常在餐馆一坐就是两三个小时。”罗马冷特秒回，接着是男孩妈妈的笑脸。

“别担心，我已经跟老板讲了，他会尽量先帮你安排的，稍安毋躁。”冷特大叔第二次出现在餐桌旁时恢复了他固有的一本正。“你不用着急，小朋友想吃冰激凌，那边刚好有家店不错，我等会儿就带他们过去。等你吃好后再微信联系，我们一起去教堂完全没有问题。既来之则安之，这家店蛮好的，我有时候也会在这里吃。”

果然并没有过太久，老板亲自托着甜品和咖啡送到我的餐桌，并且一个劲儿地跟我表达歉意。这么一来搞得我倒是有些尴尬，我可不想成为一个别人眼中挑剔的食客。幸好大家现在依旧没有催促我，那么就继续带着简单的心情完成这属于我一个人的慢城大餐吧。一匙金灿灿的苹果派入口，质朴酸甜的原始香气和黑咖啡毫不矫情的贵族苦感即刻完美地在我的舌尖碰撞。这个时候，我是不是应该感谢冷特刚才的帮助呢?

山坡上的白色城堡

# 大教堂里的神奇圣体布

**——恍惚之间，我不知道自己是不是爱上了这一片蓝色的天空，还是属于天空的蓝色？**

从用餐的小巷子转个弯就来到慢城著名的大教堂，这里是小城绝对的坐标，远远就看见冷特和母子俩在教堂对面的阴凉处朝着教堂说着什么。

“实在是抱歉啊，我也没想到吃个午饭会要这么长时间。又让大家等我，真是很不好意思！”从今天早上开始，我这已经是第二次拖别人后腿，这事儿真叫一个尴尬。

“没关系，慢城的节奏由不得你改。”看来专业导游还是很会调节气氛的，冷特就好像什么事情都没有发生，继续指着面前的大教堂说：“你来得正好，我们刚刚说到——这是一座罗马天

慢城奥尔维耶托著名的大教堂

主教教堂。大家从外面就不难看出它的庞大，教堂主体是黑白相间的大理石条带，混合罗马与哥特风格，我们可以在正墙看见鲜明的彩虹色。”

我顺着冷特扬起来的手臂抬头仰望教堂顶端的十字架，迎面扑来的光芒在找不到太阳的天空下夺目闪烁着。

“在十四世纪乌尔班四世下令建造教堂，以纪念博尔塞纳的圣体布的神迹。那是一个流传至今的神奇故事：据说在 1263 年，在附近的博尔塞纳镇，一位旅行来此的神父怀疑变质说，结果发现他的祭饼流了很多血，以致玷污了祭坛布。这块布现在存放在主教座堂的圣体布礼拜堂。大家如果有兴趣可以进去参观一下，同时，教堂内还有保存完好的壁画《最后的审判》。”关于教堂的神奇故事还在继续，可惜小男孩似乎并不感兴趣，磨着他的妈妈去买好玩的玩具纪念品。于是，冷特说下面的时间大家可以自行安排，男孩拉着妈妈迅速钻进旁边的小礼品店。

我对刚才的故事很是好奇，的确想对这座神秘的教堂探知究

洗礼堂的神秘圣体布

竟，便跑到教堂旁边的售票处，花了三欧元买了一张门票走了进去。

踏入这一座被时光机停留在中世纪的大教堂，与之前走进富丽堂皇圣彼得大教堂的感觉截然不同，其实这应该算是我在意大利真正走进的第一座大教堂，毕竟梵蒂冈是意大利的国中国。教堂里面的人很少，除了播放的音乐旋绕在身边，听不到任何人说话。外面的阳光并不强，但也足以透过头顶的五彩玻璃窗照进来，我抬头望着屋顶久久都挪不动脚步，整个人好像都放空了。

“小礼堂在前面。”一个小小的声音热乎乎地出现在我的耳朵边。

我这才回过神，扭头一看，不知道冷特什么时候也走了进来。

“你——”

没等我发问，他忙示意我别出声，嘴朝着前面努了努。我便也不多说，径直跟着他走了过去。原来，就在教堂最里面单独有一间圣体布礼堂。这是一间很小的礼堂，在这里供奉保存着故事里面说的那一块体现神迹带血点的圣体布。

我在神台前面的长木椅上找了一个位置坐了下来，闭上眼睛，身体异常放松。不知道是不是空气中弥漫着静谧神秘的气场所致，还是因为身边坐着一位不说话的冷特的缘故，我似乎完全失去了时间概念，好像是在做梦。大概是过了很久，我的肩膀被轻轻推动，被唤醒的我才发现已经是下午四点钟了。

从教堂出来，看见小男孩高高兴兴地在摆弄着手里的新收获，他的妈妈笑嘻嘻地对我说：“教堂里面好看吗？你去看看那边的风景也很漂亮。”我走到她指引的山坡上往下看，果然如她所言，蔓延无边际的绿色和一座白色的城堡在蓝色的天空下呼应成一幅极其美妙的图画让人倾心。嗯，此刻的天空跟导游冷特今天身穿的衬衣颜色一模一样。恍惚之间，我不知道自己是不是爱上了这一片蓝色的天空，还是属于天空的蓝色？

慢城一隅

# 给许愿池添一枚硬币

**——我定了定神，轻轻吻了一下手里的硬币，闭上眼睛心里默默念着：“求你赐我一段美好的姻缘！”**

宝马车一直朝着罗马的方向往回开，经过了将近一天的旅程，冷特大叔似乎是有些疲惫了，并没有接着再给我们说什么有趣的故事。相反，车上的两个女人的兴奋度未减反增，还持续保持在一个较高的水平上。

“明天我们就要离开意大利去希腊，这是我和我儿子的第三次长途旅行了。”男孩的妈妈看来是个有激情的女人，说起他们娘俩的旅程那种兴奋劲儿极富感染力。“别看他才不到十岁，完全可以跟着我一起设计行程，我们娘俩走南闯北不在话下。”

“真的吗？”我心里顿时佩服得五体投地，扭头看向身后的母子，我猜自己的眼神一定充满了崇拜。“你们娘俩真棒！这次意大利之行你们一共走了几天？在意大利境内没有遇上小偷吗？不好意思，我的问题有点多。主要是因为，我这次一个人来这里旅行，真是有点担心呢！”

“我们从米兰入境，一路经过威尼斯和佛罗伦萨来到罗马，今天是第十六天了。”小男孩专注摆弄着手里的玩具弩，她身边的妈妈依旧饶有兴致地回答着我一连串的问题。“在到达罗马之前，我在佛罗伦萨租了一辆车，然后我们俩在周边的小镇走了几天，非常棒！至于小偷嘛，在比较热闹的景点自己注意好，就不必太过担心。”

“是这样啊——我之前看攻略的时候都会看到一些关于意大利的安全隐患介绍，所以来这里之前都焦虑得要死。现在听你这么一说，我就踏实多了。”我忙着点头。

“安全问题还是不能忽视的。”身边这位导游大叔总是这样一本正经地说话，有点扫人兴致，他自己却浑然不知，继续补充说：“尤其在火车站或者地铁这样的地方。”

“小陈你是怎么安排的行程？全程都只有你自己一个人旅行，还是后面会有朋友一起呢？”女人的好奇心是通病，男孩妈妈问到了一个关键点。

“罗马是我的第一站，后面跟你反方向行程。唉，我啊——是被好朋友放了鸽子，所以没办法一起旅游，只能自己走一圈了。”我并不介意别人对我的疑问。本来么，这样一个单身女孩出来旅游是容易让人产生各种各样的遐想。“不过我跟你的行程略有不同，明天要先去那不勒斯，住几天以后才去佛罗伦萨。”

“你也挺厉害的，一个女孩子行走意大利不说，还要去南部？听说那不勒斯是个双面城，美丽的自然风光和无处不在的黑社会并存。”听得出，男孩妈妈的语气变了，她好像突然转换了角色，作为一个年长的姐姐开始为妹妹担心起来，继续问：“你当真想好要一个人去？之前我也纠结了一下要不要去南部，一想孩子还小，我才选择了度假胜地希腊。你这真是有点冒险啊——”

“还好吧——我不会去特别乱的地方的。我就是想去看看卡布里的蓝洞，要去阿尔玛菲，看看电影《托斯卡纳艳阳下》的美景，还有庞贝……嗯，最重要的我要去吃世界上最好吃的披萨！哈哈哈，我是个天生的吃主儿，我想我应该能应付得来。”我朝她笑了笑，给自己鼓了鼓劲儿，在心里暗暗地反复说：“我可以，我可以，我可以……”

“你怎么去那不勒斯？”冷特冷不丁又插了一句。

“坐火车，我提前在意大利火车站官网买了票。”说到这，我拉开双肩包的拉链，在夹层里摸出了提前打印好的几张火车票。我要再次确认一下，最上面一张就是明天从罗马前往那不勒斯的车票。“一切都 OK。”

正想把票放回去，冷特从方向盘上腾出了右手，伸过来说：“我看一下。”

“嗯？”我费解地瞪大眼睛扭头看向他，这不是个遵守规矩的人吗？怎么能在开车时候一心二用。想想他刚才训斥我的样子，这简直就是只许州官放火不许百姓点灯么。

“我会小心开车，车票给我，我帮你确认一下。”虽然没有多少接触，但是冷特这种霸道的态度，我今天已经领教不止一次了，而且他又是怎么知道我担心他在不认真开车的？

“小陈你快让导游帮你看看，你也这是第一次在意大利坐火车吧？”男孩妈妈特别热心肠。

算了，我不能跟导游计较，反而影响他开车。再说人家可是专家，让他帮我确认一下的确也没有坏处。我乖乖地把车票单子递给冷特。

冷特把车票用左手按在方向盘上，一边开车一边看，那股子认真劲儿还真有点像是一个老师在阅卷。

“怎么样，没问题吧？”我收回他递过来的车票。

“你明天提前一刻钟到咱们今天集合的位置，我猜早上太匆忙你可能没有注意，就在我们头顶上方有一个大电子牌，上面显示每一个进出站车次的时间和停留站台。不要去得太早，太早也没有用，电子屏也不会显示，反而你一个人拖着行李站在那里会不安全。”

“哦。”这倒是一个有用的信息，我点头用心记下了。

“那不勒斯下来火车径直出站，不要逗留，直接打车去酒店。”这位导游大叔不知道怎么了，好像很紧张的样子。

“有那么恐怖吗？”我扭头看着他目视前方扭起来的眉毛，

还是不能相信他的话，好好的干吗吓唬人呢？“我住的酒店坐地铁非常方便，” 我翻出自己写的攻略，念给他听：“火车站走450米在下沉式广场里Piazza Garibaldi(盖雷巴蒂)坐地铁1号线，第三站Municipo站出来走2分钟就到，出来地铁站几分钟步行可至……”

“没戏，听我的，出来就打出租！”男中音的声调突然调高了几度，真不明白他的脾气怎么这么怪。

宝马车里刚刚弥漫充斥的那一种对旅途的憧憬和兴奋一下子被浇灭了，大家都不再说话。我心里也让他这么一说开始变得七上八下忐忑起来，后来，不知道什么时候我竟然想着想着又迷迷糊糊睡着了。

在男孩和妈妈住的酒店门口，我们互相道了别，一天的缘分就此结束。我也没有跟着冷特大叔的车子回到集合的火车站，索性也从这里下了车，一个人漫无目的地溜达。时间刚刚过六点钟，罗马的天还亮得很，只是白天的暑气已经开始慢慢褪去。罗马的每一个景点都没有相差太远的距离，步行是这里最便捷舒服的方式，在这样的一个黄金时间街道上充满了出来找晚饭的人们。

前面应该就快要到许愿池了，其实第一天到罗马的时候我就跑到许愿池，谁知道那里的人太多了，我心里许愿的念头一下子就被抛到了九霄云外。“明天就要离开了，今天无论如何也要去

CLEMENS XII·PONT·MAX·
AQVAM VIRGINEM
COPIA ET SALVBRITATE COMMENDATAM
CVLTV MAGNIFICO ORNAVIT
ANNO DOMINI MDCCXXXV·PONTIF·VI
许愿池

投一枚硬币。”

毫无疑问，许愿池依然被游客包围个严实。我把双肩包放在胸前抱着，将早就准备好的一枚一元硬币紧紧地攥在手里，着实费了一点小力气，挤到了水池跟前。眼前一汪蓝绿色的水池底部已经铺满了硬币，透着阳光闪耀着璀璨光芒。

我好不容易找好一个位置，左手护着胸前的书包转过身子背对着水池站稳，定了定神，**轻轻吻了一下手里的硬币，闭上眼睛心里默默念着：“求你赐我一段美好的姻缘！”**接着，右手高高地向上扬起，使劲儿把硬币向后面抛了出去。不知道为什么，当我闭眼的时候，我眼前出现的并不是水池中闪烁的那一汪蓝绿，而是今天一直都在眼前晃动的那一抹淡淡的空气蓝。

愿望许了出去，心里跟着轻松了很多，人走起路来都自带清风一般，才知这样的一个念头压在我的心上好沉。是呢，我必须要快点走起来，不能再拖到很晚去吃饭，因为明天我要去那不勒斯。今天在回程的路上，关于晚饭的问题我是这样思考的：尽管中午我已经在慢城享受了一顿大餐，那也不能影响到在罗马的最后一顿晚餐，我必须找一个不错的地方跟罗马告别。于是就赶紧在网上搜索了一家评价相当高，又距离我所住的酒店不远的餐厅，这会儿我正在 Google map 小亮点的引导下一点一点靠近它。

我到达餐厅的时候，那里才刚刚开门，但是小餐厅后门出去的院子里几乎已经坐满了前来用餐的食客，就连屋里院内空出来的位置也早就被人预约了。还好我到的算比较早，服务生友好地把我引到一个靠近后厨的地方，那里有一张小餐桌临时归我了。等待上菜的过程总是漫长的，我才得以仔细看看这个小餐厅。不知道是不是所有罗马的餐厅都跟这座城一样，有着讲不完的故事，至少当我环顾四周，看着餐厅斑驳的墙壁和生锈的铁架，我真的非常好奇，忍不住想知道这里曾经有过什么样的人来来往往。“是不是冷特也曾经光顾这里？说不定他会像中午一样突然出现？”我被自己突然蹦出来的这个念头吓了一跳，“真是奇怪！好不容易跟这个麻烦的导游说拜拜，怎么还会想到他？”

幸好这个时候服务生端上了我的晚餐：一碗土豆浓汤，一份甜瓜薄火腿，一盘茄子馅儿的意大利饺子，对了还配了一杯白葡萄酒，我的注意力又完全集中到美食上来。貌似又点多了，还好我肚子已然开始叫饿。这本不该有的饥饿感说明我又开始忍不住焦虑，还不是拜导游冷特大叔的危言所赐，谁让他今天把那不勒斯说得那么危机四伏。嗯，我必须得多吃点。

吃饱喝足的我走出餐馆的时候，天已经大黑，街道上的各种灯都亮了。血液在餐后都涌入我那载满食物的胃部，大脑一旦处于供血不足的状态，也就不会再去想多余的事情。我告诉自己不能被一个老男人吓倒，我又不是一个初出茅庐的黄毛丫头，什么情况都不能难倒我。夜晚的罗马褪去了白天的暑热嘈杂，变得清凉安静，我知道是该跟这座古老的城说再见了。

# 3

# 偶遇那不勒斯

# 火车上的神秘旅客

**——有成百上千个理由让我不去理会面前这个看上去并不靠谱的陌生男人，可是我却又莫名其妙地控制不住自己开始在他面前自说自话。**

从罗马开往那不勒斯的35547次列车停靠在第三站台，将准时发车，一切正常。不，此时此刻的我站在火车站麦当劳前面的电子屏幕下急得满头大汗，我慌了，翻遍了衣服口袋和双肩包能翻的地方，还是找不到随身携带的手机。我的脑子一片空白，我想：“手机肯定被盗了。”幸好钱包和护照都完好地乖乖躺在原地。

没有更多的时间让我傻站在这里，必须得先上火车，有什么事儿到了那不勒斯再想办法，也只能这样。我的大脑迅速恢复运转，拉起行李箱朝着第三站台已经停在那里的火车走过去，意大利的火车站都是一个模式，没有候车室，只要直接找到站台上车就可以。

在火车靠中间的位置我找到了自己乘坐的第五号车厢，看了一眼车厢内的乘客并不多，可是放行李的架子竟然没有给我留下一个放箱子的地方。没办法，只能把摞在上面的大箱子拿下来重新规整箱子存放的位置，必须给我的大黑腾出一个新位置。

“你这是在干什么？”

“这是谁？难道是我出现了幻听？”我抬起头，眼前晃动的一抹酞青蓝明亮极了。我没有幻听，是冷特的声音。“你——你为什么——” 先是不见了手机，这会儿又突然蹦出来一个冷特，我完全被这接二连三的意外打蒙了。

冷特并没有急着回答，一把拽过傻愣在行李架前的我，三下两下就把堆得乱七八糟大小行李箱各就各位，当然前提是给我的大黑找到一个舒服的位置。

“我的位置是 11A——喏，中间靠窗户的那个。”我一时间还是不能清晰地反应过来眼前发生的事情，甚至不知道跟他说些什么。

“我知道，过去吧，不要堵住走廊。”冷特今天换了一件酞青蓝的 POLO 衫，依旧扎在牛仔裤里面，这个蓝色极为醒目，晃得我有点眼晕。

我找到自己的位置，掏出书包里面的一本书，把双肩包放到行李架上，然后坐下。看着面前同样坐下的酞青蓝，更加摸不着头绪，“你——怎么会在这里？”我的两只眼睛瞪着小桌子对面的冷特，心脏突然狂跳好像张开嘴马上会蹦出喉咙，脸涨得快要爆炸了。

令我感到更意外的是这个冷特大叔，他依旧用两只细长的眼睛看着我，但是这一双眼睛里面我完全找不到昨日的强硬霸道，他有些不自然地抿了抿嘴唇，才说：“我昨天回去，好几次想到你这样一个——一个年轻女孩，你自己要到那不勒斯住上好几天，就莫名其妙地有不好的预感。”这时候我才注意到他的嘴唇丰满极了。他顿了顿，好像一个犯了错误的小学生等着班主任的原谅，然而对面的我还只是傻愣愣地看着他一言不发，他于是继续说：“希望你别误会——我绝对不是个有非分之想的变态色情狂，我也没有跟踪别人窥探隐私的恶趣味。我只是——请你相信我，有一个不好的预感一直就在我脑子里转，我的预感有时候非常准。”

“是的，发生了意外，你猜得没错。”我一下子像个泄了气的皮球，话才出口，委屈和担心一股脑涌到心头，努力忍了下去才让自己没哭出来，说：“我刚才发现手机被盗了。”

火车准时开动了起来。

“手机丢了？钱包还在吗？”

“嗯，钱包和护照还好好的。”

“哦，只有手机不见了。”冷特这个时候却好像如释重负，四方脸上刚才充满的歉意和不安顿时消失得无影无踪，相反，我怎么觉得在他的眼角看见一丝笑意？

“你这是干什么？”我心里的怨气和委屈一下子被他的态度引燃，一团无名火直冲头顶，我大叫：“你难道是专程来看我出笑话的吗？现在，你终于证实你的预感准确——我的手机丢了！可我手机里面有重要的通讯录，有我之前在罗马拍的照片，还有昨天在天空之城和奥尔维耶托拍的很多照片！我真是够倒霉！我的倒霉应验了你有超能力好吧？我最大的倒霉就是总是遇上你！请你——在我眼前消失！”

“嘘——”冷特竖起右手食指在嘴前示意我安静，然后伸出左手瞎比画着，跟走廊那边一对带孩子的意大利乘客说了什么。我才不想管他干什么，只看见那一对夫妇都看向我，带着友善又同情的微笑。

我尽量克制住自己的情绪，压低嗓音问他：“你为什么会坐这？你应该快点消失。”这时我才想起来，冷特是怎么坐到我面前这个奇怪的问题，管不了那么多了，只要这个人在我眼前迅速消失就好。

“你的问题我们一个一个说：第一，我为什么会坐在这里？这很简单，昨天我看了你的火车票，你不会睡一觉就忘了？”

是哦，我当然记得。“可是——”

“没错，就是因为我记住了位置，而且发现你座位的前后左右都是空位，所以我现在就在这里了，我买了这个位置的车票。”冷特又恢复了他一本正经中略带霸道的语气，“再说第二个问题，这是个看上去比较棘手的问题，你的手机不见了。我说的是不见，而不是被盗。通常来讲，意大利小偷不会单单去偷你的一部手机。你跟我说说，你什么时候离开的酒店？然后你是怎么到火车站的？坐地铁还是打车？”他说得头头是道，忽然之间停下叹了口气，“相信我，我在帮你，丝毫没有一点看笑话的成分。陈光大小姐——恳请您配合一下。”

有成百上千个理由让我不去理会面前这个看上去并不靠谱的陌生男人，可是我却又莫名其妙地控制不住自己开始在他面前自说自话。“早餐后我就在酒店前台结账，并请服务生帮我叫了一辆出租车。我是坐出租直接到的火车站，我不想拖着我的箱子嘎啦嘎啦地去地铁站，那样的话箱子的四个小轱辘没准会被西班牙广场前面大大小小的石头硌坏，后面的十几天行程我还要靠它呢。”仔细想想，觉得他刚才说的也有道理，于是怒火又慢慢从头顶降了下来。

“你记不记得上出租以后用过手机？”

“嗯——没有。我在出租车上一直用相机拍照，直到火车站门口，我才把相机收进背包里面。下车的时候，我还特意回头看看座位上有没有落下东西。”我在努力回忆。

“那你是什么时候发现手机不见了？”

“到了火车站，我在电子屏上找到我的车次，看见准点发车，想着给家里发一个微信告诉他们我这边一切顺利。”不见手机的时候，我的心率一定到了一百次每分钟，没准儿更高。那可真是可怕的记忆。

“那你想想是不是在等出租车的时候用过手机？我是说在酒店里面。”

“是，当时要等十分钟车子才能到，我就坐在餐厅跟朋友用手机聊天来着，一直到服务生告诉我出租车来了——”

“告诉我你在罗马的酒店名字。”冷特好像忽然间被福尔摩斯附身，“我要打电话过去问一问前台。对了，你在餐厅坐在什么位置？”

我站起来从行李架上取下双肩包，拿出行程单翻到罗马的酒店那一页，乖乖地递给他，“我就坐在靠门的左手那张餐桌边。”

谢天谢地！在冷特的提示下，服务员在餐厅的椅子上找到了我的手机。

“真的吗？我的天——他们找到了我的手机！”我的心率又快了上来，我简直激动坏了。“能不能让他们帮着把我的手机快递给这个那不勒斯的酒店？”这次换我态度一百八十度转弯，我大概有点不知所措，两手合十放在鼻子前，看着眼前还在通话中的冷特，“拜托拜托，你跟他们说帮个忙吧？我离不开手机啊——”

冷特不知道听没听懂我的意思，叽里呱啦对着电话讲了半天才挂掉。

“怎么样？他们同意了？给我快递手机？费用怎么付给他们？”火车的空调开得很大，可我现在都快冒汗了。

冷特看着我笑了起来，不容我再次发火，他说：“你怎么会指望慢动作的意大利人给你把手机快递到那不勒斯？”他好像使劲儿忍住不再笑，“你靠他们怕是在离开意大利前也不会见到你的手机了，半年以后给你快递到中国倒也不是没有可能。”

“那怎么办？”我又要哭了。

“唉，看你怪可怜的，我就帮你拿回来吧。”冷特可神气了。

“你？能不能正经一点？你到了那不勒斯再坐返程车次回去，到酒店帮我拿手机？我才不信。”我强忍心里的不快，毕竟出门在外，现在又有求于人。

“我才没有那么笨！”冷特说着又拨了一通手机，“哥们，我记得你说这两天带团到那不勒斯对吧？嗯，麻烦你帮个忙……OK，谢啦！到时候见。”冷特的嘴角挂着一丝得意的笑，放下电话看着我，说：“放心吧，后天你会收到你的宝贝手机，今天先用这个。”说着他从口袋掏出一个苹果手机，简直像变魔术一样，不由得我反应就塞进我还一直合十放在脸前的两个手掌中间，“这里面有网卡，你可以登录你的微信，不受影响。”

# 第一眼那不勒斯，没有找到桑塔露琪亚

——一切都交给冷特去应付，我仿佛一下子变成一个装在透明气泡里面的小人儿，不用说话，不敢乱动，只是带着所有的好奇心，瞪大两只眼睛忙着东张西望地看外面的西洋景。

我完全没搞明白发生了什么，一切来得都太突然，我甚至怀疑这是不是我的一个梦境。窗外已经隐约看见大海和火山，火车正在减速，即将驶入那不勒斯中央车站。

“你这个样子——”

“什么样子？我怎么了？”我低头把自己审视了一遍，今天我穿了一条可爱的浅色牛仔短裤搭配蓝白条的圆领海魂衫，脚上踩了一双金色梅丽莎人字拖，很清爽的样子，看不出任何毛病。真是纳闷，在冷特面前的我好像总是被他各种挑剔。

“我是说——你的这个样子走出去会有点不安全，等下我先送你去酒店。”冷特好像对我一个人到那不勒斯这件事情很不能认同，我猜这可能是他的职业病，他喜欢替别人安排好所有的事情才踏实。“你订的酒店在什么位置？把酒店订单给我看下。”

“我等会儿想先去吃个比萨。”又是那种熟悉的饥饿感，我的大脑不能很好地运转思考，让我像个傻瓜一样所答非所问。完蛋，为什么我总是在这家伙面前显得这么蠢，这下子他又该笑话我了。

冷特看了一眼腕子上的手表，这一次他的反应有点出乎我的意料，他很认真地想了一下，说：“的确是到了午饭的时间，让你的手机搞得我都忘了。想吃比萨简单——那不勒斯有很多家披萨店，先看看你住的酒店位置再决定，我对那不勒斯还是比较熟悉的。”

搞不懂自己为什么在冷特这里总是无条件顺从，很听话地从攻略里面翻开酒店订单给他看。“喏，酒店就在新堡附近，我好想去那个 No.1 的比萨店，就是——大嘴茱莉亚·罗伯茨在她的电影《美食，祈祷和爱》里面去过的那家。”

“那家啊——距离你住的酒店不近。”冷特皱起眉毛摇摇头，看看我说：“况且，它其实就是一个网红店，排队的人很多，我估计以你现在的样子等不到吃比萨就要饿晕过去。”

“那怎么办？”我又有点沉不住气了，来到那不勒斯第一个愿望就是吃世界上最好吃的比萨。

“你这个人还真是爱着急。”冷特完全不理会我这说来就不能阻挡的暴脾气，“有一家非常老的有名气的披萨店就在新堡附近，你去吃那里的披萨绝对不会后悔。”

“是吗？那可太好了！这样，你今天帮我这么大的忙，等下我请你吃披萨，就这么愉快地决定吧！”只要有美食，哪怕只是听一听都能让我心情大好，我都能感觉出自己的两只眼睛在放光。

“你啊——这脾气可真了不得。一会儿晴空万里一会儿风雨交加的，让我也不知道怎么说好了。”

“就当你是在夸我吧！”

冷特一边摇头一边咧开嘴笑了起来，露出了整齐洁白的牙齿。

意大利火车站都是一个布局，下了车只要走过车头没有铁轨的地方，前面就可以出站了。冷特背了一个深蓝色的双肩包，帮我拖着行李箱大步径直朝前，我像一个贴身随从紧跟在他屁股后面。出来火车站就看见路边一排等候的出租车，随手招呼一下，司机们立刻安排我们上了其中一辆白色轿车。一切都交给冷特去应付，我仿佛一下子变成一个装在透明气泡里面的小人儿，不用说话，不敢乱动，只是带着所有的好奇心，瞪大两只眼睛忙着东张西望地看外面的西洋景。

我很小的时候学会的第一首意大利民谣叫《桑塔露琪亚》，那是一首赞美那不勒斯海湾美景的歌曲，旋律悠扬，歌词大意翻

译成中文也很美。一直以来我会在脑子里一次又一次地幻想，幻想着一幅如诗如画般的情景：皎洁的月色下，一条小木船漂荡在深沉的海面上，美丽的女孩身着白色棉纱长裙摇荡着双桨，乌黑的卷发如瀑布一般垂落腰间，一双棕色的眸子随着月亮的韵闪耀着宝石一样的光芒。嗯，我心里的那不勒斯港湾就应该是这样一

个美得无与伦比宛如仙境一般的地方。对了，不是也有那么一句话“朝至那不勒斯夕可死矣”，足以说明那不勒斯美的境界。这是多年以来藏在我心里的一幅画，很多年以后的今天，我来了，循着心里最深层的那一束光。

然而，眼前的那不勒斯完全跟我梦想中的图画沾不上一点边嘛！根本看不到美丽的海湾不说，狭窄的街道充斥着垃圾，斑驳脱落的墙壁上满是各种肮脏的涂鸦，汽车和摩托各不相让穿梭在青灰色石板路上，更不要说行走的那些人，哪一个看上去怎么都像是冷血黑手党。

这时候我才明白冷特的担忧并不是危言耸听，就凭今天这个打扮成学生样子的我，如果一个人拖着行李箱

走在这样的街道上……额！只要想一想我浑身的汗毛都已经竖了起来。

车窗外那些涂了颜色的房屋建筑本来不算高大，然而房子的窗户外面总会伸出一根长短不一的竹竿，上面乱七八糟地晒晾各种衣物，好像上海的小弄堂里飘着的万国旗，穿梭在这样的街道上似乎会产生一种若有若无的压迫感。那些小的只能容下一个人的阳台上偶尔会探出半个身子，叼着烟卷看着你，他们的眼神大多友善，但有的看上去极为冷峻会让我无比紧张。他们提醒我，此时此刻已然走进了一个被英国人在《太阳报》上与某些战火连天、民不聊生的中东城市，以及那些南美洲毒枭据点的城市一同放入了“人间地狱”前十名的名单里的地域。

“果然很乱啊——跟我之前看到的有关黑社会的报道真像。”我不自觉地忧忧吐出一口气，除了在心里默默祈祷自己的这一次冒险旅行平安，我想不出还能在这个时候做的其他事情。

“你半天不说话原来是自己吓唬自己呢？”

“你知道吗，我之前做过那不勒斯黑手党的功课。”

“嗯？”

“我在网上看见《太阳报》说：那不勒斯上榜了‘人间地狱’，就是因为这里是全球势力最大的黑手党之一——克莫拉的老家，各帮派在那不勒斯的街头械斗、枪杀事件长期以来十分常见。”

“你都挺明白的嘛！”冷特看上去倒极为轻松。“克莫拉是意大利最古老的有组织犯罪团体，意大利还有另外两大黑帮分别在西西里和卡拉布里亚。不同的是，克莫拉由上百个以家庭为单位的地区性黑社会团体组成，每个帮派负责掌管一个地区，几乎整个坎帕尼亚大区都在他们的掌控之下，毒品交易、垃圾贸易、甚至涉足时尚行业、从事造假活动，完全融入那不勒斯的社会。那不勒斯的贫民区又脏又危险，所以我才说你一个女孩来这里不安全。你别小看这满大街十几岁的小孩子们，他们没准就是黑手党——小心过来抢你的漂亮书包。”

“你快别吓唬人了！”

“嘿嘿嘿，你不是胆子很大吗？”

“行了，干嘛拿人家寻开心。我是想着好不容易来一次意大利，索性就过来看一看，自己小心就好了。我哪儿知道那不勒斯是这个情况，现在我看谁都像是黑手党的凶面孔。要知道这世上有一种人，比如我，在心里越是忌讳害怕某种事物，眼睛却越要去看。就好像我从很小的时候就特别害怕老鼠，可是总会走在大街上看见别人看不见的随处乱窜的老鼠，哪怕已经横尸街头的那些，我都会一眼就看见它们，然后又会吓得当场嗷嗷大叫。”

“可真有你的！”

“这次也不例外，其实我之前在做攻略的时候在网上查出一堆恐怖报道，然后就更加抑制不住自己去翻看查找更多有关那不勒斯黑手党的信息。你知道吗，我还找到了描写黑帮的电影《格莫拉》来看呢！”

“是吗？我都没有看过这电影，只知道是根据同名小说改编的。”

“好家伙，这个电影跟以前看过的《教父》完全不一样，电影里面的克莫拉黑手党们可不是那个马龙白兰度演的绅士风度恩威并具、有血有肉的美国的黑手党教父。整场电影都是抢劫、贩毒、杀人不眨眼，场面血淋淋的，简直是少儿不宜。我当时还安慰自己呢，这不过是艺术，现实的那不勒斯一定是美好的。现在看来，的确像你所说的，我不该来吧。”

“我刚才逗你呢，也别太紧张，过了这一段路前面就会好很多，既来之则安之。那不勒斯普通老百姓还是很热情友好的，这里风景更是世界独一无二，等下你就会知道了。”这个时候冷特的声音好像比刚上火车的时候耐听了许多，甚至透着些许温柔。

他说得对，来都来了，也许真地过了这一区到前面就会看见美景，说不定还会看见我心里的桑塔露琪亚。

# 世界上最好吃的比萨

**—— 一位老艺人围着我们的餐桌拨弄着手里的老吉他，悠扬的旋律下他唱着听不懂的歌，天上人间那值得歌颂的美好似乎就围绕在我们的身边。**

那不勒斯有大大小小近两千家酒店和民宿，我花费了好长时间进行研究，最终选择了一家开业时间不长，身处中心区的小型度假酒店。地图显示从酒店对面广场走过去就是乘坐快艇的码头，步行出门到各个景点也很方便。冷特说的没错，当我们的出租车越来越接近我的目的地，周围街道上的景致就明显好了许多。下了出租车，我们很快就跟着 Google map 到了小巷子口，进了一个院门乘坐小型电梯直达三楼，这是一个虽然小，但是一踏进门就感觉很舒适的地方。一男一女两个年轻的酒店服务生迎上来，让人第一眼就喜欢上他们，我想一定是因为他们的笑容是那么真诚而且灿烂。忘了曾经听谁说起过，在意大利越是往南边的人越热情，越是往北边人就会越来越冷漠。果然是的，在这样有亲和力发自内心的笑容包围下，我一时间忘却了刚才满脑子的紧张与惶恐。

“你好陈小姐，欢迎您来到那不勒斯。”男服务生的英语相当标准，这在意大利非常难得，“我们看了您的留言，您说这是一次庆祝生日的旅行，所以我们为您免费升级到风景比较的好房间，祝您生日快乐！”

这真是一个天大的意外的惊喜！

“不过现在房间还没有打扫完成，您可以在休息区稍等，或者您也可以把行李暂时放在这里。”服务生非常细心，他看了看我身后的冷特，好像有一点疑惑，“对不起，请问您预定的是一位入住吗？”

“是的，一个人入住。”我也忽然想起来自己的旁边还站着一个高大的浑身散发着荷尔蒙的男士，被服务生这样毫无准备地一问，自己的脸一时之间感觉很涨，赶紧急中生智岔开话题，“我们等下要去吃比萨，所以房间并不着急，行李箱就存在这里好了。”

“没问题。”男服务生把我的箱子拖走去寄存，留下那个女孩子，她微笑着问我：“第一次来那不勒斯吗？”

“是的，有点紧张。”我的脸好像不那么热了。

她继续笑着安慰我说，“没关系的。”她笑的时候眼角会出现几道自然的皱褶，这是一种让人看了即刻放松的笑容，她的笑可真美。我因此很愿意多跟她说几句，“知道吗？其实我在罗马都没有吃披萨，就等着到那不勒斯来吃的。”她听了更加开心，乌黑浓密的卷翘睫毛下一对眸子闪着亮光说：“你的选择是完全正确的！”

她让我的心情放松了许多，更加能感受肚子的饥饿，赶紧跟她道别，抬头看看一直等在一旁的冷特，“我们快走吧，我就要饿死在那不勒斯街头了。”

“嗯，我不会让你饿死的。”

“可是，你今天要住在哪里呢？”进巷子，我才想起自己手里拿着冷特的手机，他也要跟我留在那不勒斯不是吗？而且，一直等到后天跟他的哥们儿见面，拿到我遗落在罗马的手机。

“这个问题完全不需要你来操心。”冷特在翻看手机，有点心不在焉。

“嘿，你这个人！不是马路上随便一个人想让我操心都可以的，我还没有那么多闲工夫。”真是好心当成驴肝肺，我非常不喜欢他这种居高临下的态度，可我还是忍不住好奇。“你是想要回罗马？还是在那不勒斯找地方住下？”

冷特眯着眼看着我，他在笑，我觉得他的眼神里面好像有个坏主意在转。

“你——你——你不会不怀好意——哦——你想泡我？你想

晚上爬上我的床？你休想！我的确是一个人出来旅游，可我绝对不是你想的那样！”我的心“咚咚咚”地一阵狂跳，眼前的酞青蓝让我眩晕，索性跺着脚停下来不走了。

“咳！你胡说八道什么呢？我想的是哪样？”冷特被我突如其来的问题猛呛了一口，他也停住脚步，很生气地瞪着我，“我早就跟你说过我不是个色情狂，也不是个变态！是！你长得不难看，甚至可以说算是有几分姿色，可这样也并不代表每个男人只要看见你就想泡你！我从来没有占女孩子便宜的习惯。”

我别过头不看他，我想我可能是有点多虑。这也不能怪我，一个人在陌生的地方，身边什么意外情况不能遇到呢？小心驶得万年船不是吗？我慢慢转过头，偷偷打量面前这个气呼呼的黑脸帅哥：不过，他看上去的确不像是个坏人，我还是相信自己有一定的辨别是非的判断力。

我并不想在冷特面前迅速败下阵来，可是又想不出该说些什么。

“你还想不想吃披萨了？”冷特气鼓鼓地问。

“当然想，快点走啊！我都已经低血糖了！你也不想看见明天意大利各大新闻媒体多一则消息：一名中国籍年轻女性游客，因找不到比萨店横尸街头。”

我们俩同时“噗嗤”一下笑了起来。

“还有的是力气废话，你完全可以坚持到比萨店的。”冷特似乎被我整得没了脾气。

冷特带我去的披萨店距离酒店只有十几分钟步行的路程，我跟着他就好像每次跟着 Google map 上的小亮点移动，我们踏着火山石铺砌而成的石板路走在狭长的小巷子里，街道顺着地势高低起伏，一眼看不到尽头。我这才发现其实那不勒斯的房屋更喜欢用各种黄色修饰，大概与这里盛产柠檬有关吧。巨大的摩登广告女郎照片会突然出现在前方的某个房屋上，就是这样漂亮的广告牌子下面的墙壁上，各种乱七八糟难以理解的涂鸦依旧无处不在。这样一路跟着冷特走，我心里很踏实，一点也没有刚下火车的那种紧张。去他的狗屁《太阳报》，差一点就被那些记者的胡编乱造带偏了我的步伐，不能再任由自己天马行空意想那些恐怖的事情破坏心情了，轻松愉快的度假感觉不知不觉地跟着空气中似有非有的柠檬味道回荡在我的心头。

远远地就看见黄色招牌上大写的 BRANDI 和 1780，谢天谢地，冷特终于成功地在我晕倒之前把我带到了比萨店。那不勒斯是比萨的故乡，在这座城市中开了多少家披萨店我想根本是数不清的，但是冷特说这家 BRANDI 披萨店经过了四百年风雨却依旧开在小街道中红红火火一直到了今天。毋庸置疑，是历史赋予了从这家小店火炉里端出来的比萨特殊的味道，这也许就是它得以扬名世界的重要原因。

店铺开在狭窄的街道两旁，旁边紧挨着普通的住家，也有小商品杂货店。店门口摆着五张露天的餐桌椅，餐桌上铺了一块浆洗得很整齐的白色桌布，每个桌边斜角搭了另一块小的枣红色的餐巾，乳白色的餐碟和银色的刀叉锃光瓦亮地摆放在餐桌中央一小簇美丽的鲜花旁，一下子就提升了进餐的仪式感。餐厅经理引着我们来到了一张餐桌前，微笑着取走了桌上预留位置桌牌，同时递上了一个餐单。

“你是什么时候预定的位置？”我很好奇冷特是什么时候搞定的这一切，他刚才跟我说这里也是超级火的一家餐厅呢。

“打听那么多会消耗你的体力，还是快点告诉我你想吃什么吧。”冷特一脸的得意样。

“我想吃玛格丽特比萨——嗯，还有啤酒。”头顶着那不勒斯的太阳，我浑身都感觉好热啊，“就想连喝它几杯冰镇啤酒！”

“你是我见过的最能吃能喝，还这么瘦的女孩。”

我笑而不语。其实对食物的欲望，大概是人类和动物之间的共通性。对于我来说，无非就是走到哪一个地方想尝一尝当地美食的欲望更强烈些罢了。当服务员把一盘新出炉的玛格丽特比萨呈现在我的面前时，我的这种欲望达到了制高点。

“据说玛格丽特是曾经一位王妃的名字，这种饼原来只是民间小吃，有一天王宫里的王妃嘴馋，请了位民间的厨师进宫来做菜吃，这位厨师就用番茄、罗勒和 mozzarella 起司做了一个饼，王妃一吃十分惊喜，这个饼就依王妃的名字命名，王妃的名字叫作 Margherita，这也就是玛格丽特比萨的由来。”哎呦，冷特的职业病又在发作。

如妖孽一般的玛格丽特披萨

然而，此时此刻的我迫不及待地想知道的不是面前这张充满诱惑的饼子的由来，而是它的真正味道。我想知道在全世界比萨的发源地这样有名的比萨店烤出来的这个饼，到底会不会带给我跟玛格丽特王妃当年一样的惊喜。我顾不得理会冷特，伸手托起一角比萨就是一大口。

结果，我错了！这一口饼下去哪里是惊喜，简直就是惊艳了！饼身如此柔软纤薄，对！是柔软的。饼子上面，红色番茄酱混合着表面略呈焦黄的奶白色起司，再配上新鲜的绿色罗勒，香气与色泽完美融合，刹那间涌入口中，我一时竟然找不出合适的词汇去形容这样流连在舌尖上的味蕾刺激，只剩下在心里暗自惊叹，完美！突然想起来很多年前流行的一个韩剧《大长今》，当时我一边看一边会忍不住笑话那个傻呆呆的皇帝，笑话他每每吃到大长今端上来的食物，也只是会频频点头说上一句，真是美味！现在，轮到我自己了，这才知道，当一个普通平凡的人品尝到他从来没有体验的美味，留下的赞美也只有那些最笨拙的词语了。有情可原啊！此时此刻我的胃已经完全夺取了大部分的供血，大脑已经跟不上节奏了。

“简直太美好了！”一块披萨下肚，我才缓过神，对面的冷特正在看着我乐呢。“真是不知道吃下这样的比萨进肚子，等到回国以后我还能不能再有勇气走进街边商城里面的比萨店。”

“到时候，你可以自己开一家比萨店。”

“你这个主意倒是值得考虑。”

“来吧！喝一杯！”

头顶着晴朗的蓝天和如火的骄阳，吃下了这张如妖孽一般匪夷所思的玛格丽特比萨。心满意足的我完全搞不清这样的美妙感觉到底是因为这王妃的披萨真的拥有如此至高无上的魔性，还是刚才自己的肚子已经饿到了极致，又或者是因为——我的对面坐着让人炫目的冷特。

一位老艺人围着我们的餐桌拨弄着手里的老吉他，悠扬的旋律下他唱着听不懂的歌，天上人间那值得歌颂的美好似乎就围绕在我们的身边。

# 今夜要留宿蛋堡吗

**——吊扇在头顶缓缓地转，我盯着看三片扇叶转了一圈、两圈、三圈，眼皮越来越沉，带着挺幸福的感觉睡着了。**

嘴里还留着比萨的余香，沿着狭窄的街道漫无目的地游荡，因为身边有冷特在，所以我也不担心会迷路，也不会怕突然从哪个角落窜出一个小孩子。

“你干吗不守规矩？”有个问题我必须跟他理论个明白。

“什么规矩？”冷特眯起眼看我，明知故问。

“说好的我来请你吃比萨，这是我们的约定对吧？为什么你偏要结账？”

“这就是你说的我不守规矩？谁定的规矩呢？我怎么不知道？”

“拜托！你不要总是仗着你年纪大就可以这样倚老卖老地做事情。”我真是不能接受他的霸道作风，“我们现在是一对一平等的关系。”

冷特又笑了，伸手揉了揉我的头发。

“有那么好笑吗？本来就是嘛！说好的事情就不能随便乱改。”我一歪头，使劲儿挪开他的手。

“好了，多大点事儿啊——走吧，我带你到海边走一走，那里的蛋堡很不错，或者你可以请我喝一杯咖啡。”

“这还差不多。”

左转右拐不一会儿我就跟着冷特走过公民广场上的旧皇宫和

远方安静的维苏威火山

半弧形的白色圣弗朗西斯教堂，继续往前从一个小巷子转弯出来，眼前突然出现的景色让我忍不住入乡随俗地大叫了一声，“妈妈咪呀！太美了吧！”没有想到，自己就是这样毫无准备地与梦中的桑塔露琪亚港湾相遇。

不远的地方，金色的阳光照耀着海面，白色帆船星星点点地漂在瓦蓝色的海水上面，我被忽然出现在眼前的美景惊呆了。

“有人说那不勒斯是一位美人鱼创建的，据说她无法选择比这里更加迷人的地方。喏，前面那条海滨大道就被叫作美人鱼大道。”冷特指着前面，似乎努力想唤醒身边傻呆呆的我。

我深吸一口气，终于才回过神。我也曾经见过不少美丽的海，但像今天突入眼帘的那不勒斯海湾这般迷人模样，我想将会永生难忘。

“有人说这一片散落在意大利半岛和突尼斯之间的海面，是上帝遗落的珍珠。”冷特自然而然地充当了我的私人导游。

空气中弥漫着海水的腥气，红嘴海鸥在湛蓝的海面上打着旋儿“嘤嘤”地叫着，冷特的酞青蓝上衣跟上帝的珍珠交相呼应，白色如细纱一般的云包围着海那边海拔 1281 米的维苏威火山，同样地透着大气的笃定，一切都完美极了。如此忽入眼中的图画让人炫目，似有不真实之感。什么黑手党、什么克莫拉，早已被我抛至九霄云外。

沿着宽阔的大道一直向东走，能看见更多的帆船和小划艇泊在海湾，人们尽可能地裸露着他们古铜色发光肌肤，躺在海岸边大块大块闪着亮光的白石头上晒太阳，那不勒斯人引以为荣的蛋堡隐约出现在前面不远的海边。

“蛋堡是那不勒斯的一座古老城堡，有着两千多年的历史，传说公元前六世纪库迈的殖民者在此建立城堡的时候，古罗马诗人维吉尔，这个在当时被认为是一个具有强大法力的巫师将一颗鸡蛋秘密地藏放在整个城堡建筑的支撑点上，如果鸡蛋破碎，城堡便会随即消失，而且会给那不勒斯带来灾难。”

“这里的故事都很神奇啊！我还记得你之前讲的那个奥尔维耶托大教堂里面那块圣体布呢。”真高兴能有冷特在身边给我讲故事听，而且每个故事经他讲出来都赋予了更有意思的记忆。

“其实这个蛋堡我也在国内做过一些功课的——我记得在网上查到有一个英国著名画家，叫——约瑟夫·玛罗德·威廉·透纳，对吧？”我不太肯定地看着冷特，他点了点头示意我继续，好像有意在考我。

“那个透纳在1819年头一次去意大利旅行，最期待看到的景观之一就是著名的那不勒斯湾。他刚到意大利就从罗马出发，向南开始了四日游。踏着其他水彩画家的足迹，他研习了曲折的海岸、散乱的镇子和港口以及维苏威火山。他被迷人的光线和水天一色的景观所陶醉，不仅画了铅笔速写，还画了整幅的色彩习作。

于是在他一个最大号的速写本里，他完成了《那不勒斯的蛋堡》。”我终于绞尽脑汁地回忆起所有关于透纳的故事，一口气讲出来，忍不住得意地看向冷特，“怎么样？我也不是啥都不知道吧。”可是我有点搞不明白，自己为什么这么迫切地想在冷特面前表现什么呢？只是想要得到一个专业人士的赞赏吗？

美人鱼大道和蛋堡之间有一座小桥，我们从宽阔的大道走过小桥便到了相连的梅加利德小岛上的蛋堡。遗憾的是白天的蛋堡虽然免费进入参观，但是那只限于外部游览，游客不能走进房屋里面去真正体会这里曾经有过的生活。

“我接着给你讲一讲蛋堡的故事啊。”幸好有冷特的画外音才把这个遗憾弥补上。

“西元 476 年，13 岁的罗慕路斯・奥古斯，这位西罗马最后一位皇帝，被罗马军队统帅奥多亚克赶出了罗马，流放到了这个当年被罗马贵族卢库勒斯建造成的华丽别墅，曾经的觥筹交错和歌舞升平悄然褪去，留给这个可怜的小男孩的只是一座拥有无敌美景的孤城。没有人知道这个西罗马的末代小皇帝来到这里的故事，没有人会留住他的画像，因为根本不会有人真正去关心这样的一个傀儡小皇帝的命运，人们只会记得那个叫罗慕路斯・奥古斯的男孩就是西罗马帝国的终结。十几年以后，这位曾经的小皇帝早已经被人们遗忘，华丽的孤独城堡被修建成了一座修道院。”

“你别说，意大利南部的修道士们这么看来还真是有福气。”

我看着眼前的那不勒斯海湾，竟然忍不住开始羡慕起曾经住在这里的修道士们。

“你这话没错。这边，在西元 492 年在蛋堡建立的修道院，拥有那不勒斯湾最美的视角；那边，在八世纪建立的索伦托圣弗朗西斯修道院，建造于海滨的峭壁之上，拥有独特的地中海气候，周围环绕着很多的果树丛林，景色非常的绮丽。如同中国的隐士一般喜欢远离喧嚣，修道士们的生活与我们截然不同，隐匿于如此的他们在这般世外桃源侍奉天主，他们祷告、打扫，从事各种体力劳动，每天都有许多事情要做。修道院的钟声每天都要敲响数次，每当钟声响起，修道士们就聚集在祈祷室中一起诵经。比起索伦托圣弗朗西斯园林式修道院，那不勒斯蛋堡修建的修道院更像一座堡垒，但是无论哪里的修道士都在他们各自的地方过着简单而朴素的生活，他们聆听耶稣基督的教诲，让彼此的灵魂无限富饶。”看来这一点上，我和冷特的意见完全取得了一致。

“到了十二世纪末，这样的蛋堡又承载了它作为监狱的使命。神圣罗马帝国皇后康斯坦丝在与侄子西西里王国国王坦克雷德争位时被俘，西西里宰相阿耶洛的马特奥给坦克雷德写信，说服他将康斯坦丝关在四面环海且位于峭壁之上的蛋堡中以便看守及与民众隔离，并写信给防御那不勒斯的贵族阿利杰诺・科托内，要他妥善看守大海中蛋堡里的皇后。但次年康斯坦丝获释，并最终成为西西里女王。1222 年，她的儿子费德里科一世，也就是神圣

罗马帝国皇帝腓特烈二世，他对蛋堡进行了加固。1268 年，西西里国王康拉丁被囚禁在蛋堡，随后被审判处决。一直到了 1282 年，那不勒斯王国安茹王朝国王查理一世在那不勒斯建立了新堡，蛋堡的重要性开始降低。即便如此，到了 1381 年，那不勒斯女王乔万娜一世被迫向敌人未来的卡洛三世国王投降后，在最终遭到杀害前，也曾被囚禁在蛋堡。” 冷特一直在尽职尽责地做好自己的本职工作。嗯，他是一个好导游。

烈日下，我跟着冷特行走在这古老又孤独的蛋堡里，听他讲一个又一个有关这里发生过的那些光怪陆离的故事。眼前这座带着神秘色彩的城堡每一块青石，每一条窗板都是一段故事，甚至那上面的每一道裂纹也有它们的前世今生。等等，此情此景——

好像就是我曾经躺在罗马酒店的床上奢望的嘛。

我们就站在蛋堡最上面望着远方的那不勒斯海湾发呆，刚好走来一对新人，新郎身着笔挺藏蓝色海军服，新娘一袭白色婚纱，他们并没有太多言语，只是新娘跟在新郎身后，手牵手注视着远方的火山。“对了，你今天晚上到底要住在哪里？”我没有转头，眼睛依旧停留在那一对情侣的背影上，又想起了刚才的问题。我觉得自己的声音很轻，好像随着阳光下一闪一闪的波光飘向了远方。

“其实——”冷特的声音有一点犹豫，“实际上，我还没有想好到底是回到罗马，还是在那不勒斯住下。早上来的时候有点匆忙，我根本就没有想。”

“哦——”突然感觉气氛有点闷，我必须找一个借口，“我们先去喝一杯咖啡吧，我想下午茶的时间到了。”

“好啊！我们就去对面，马路那边有很多餐厅。”听了我的提议，冷特好像也来了精神。

吃过了最有历史的比萨，自然少不了喝上一杯正宗的那不勒斯黑咖啡，无论是在这座城市的哪个角落一口醇香浓郁的黑咖啡流入身体，都会是一种享受。当然，如果像现在这样，和冷特并肩坐在蛋堡对面的太阳伞下，慢慢啜饮一杯美轮美奂的绝世咖啡，看游客行人在古老的蛋堡和远方的维苏威火山前面来来回回，任凭耳边清风一带而过，这样的感觉就更不一样了。这个时候，我想那句“朝至那不勒斯夕可死矣”，说得似乎有道理，但是此刻

蛋堡

真的让我在人间消失，便了无遗憾了？也不全对，有点夸张。

“你晚上不如就留宿对面的蛋堡吧，这座监狱好久都没有接待过新的犯人了。”我不知道从什么时候开始，喜欢这么拿冷特寻开心。

他把古铜色的四方脸扭过来，看着我说，“你怎么知道我今晚想住在蛋堡？”

我被他的话吓了一跳，瞪大眼睛看着他。

“哈哈哈哈——你这姑娘还真是有够傻。”我们两个人好像在玩小时候的一个游戏，眼睛就看着对方，面无表情谁也不说话。还是冷特一下子没绷住，“扑哧”一声大笑起来。

“我警告过你不许这么倚老卖老地欺负人！”我啊，简直是恨我自己！竟然还为着拿别人寻开心偷着乐，最后还不是让人家

给骗了。

我不知道是不是因为还在生冷特的气，反正不想跟他再说什么话，他也很配合的样子，我们俩索性就一言不发迎着海风慢慢地沿着美人鱼大道往回走。大约过了三十分钟，走了一公里多的路程就回到新堡，我住的酒店就在不远的广场那边。

“明天我要坐船去对面的卡布里看蓝洞，”小巷子转身就到了酒店楼下的小院门口，我们停住脚步，我抬头看冷特，“你到底要不要一起去！”

“去！”这个字从冷特嘴里脱口而出，好像是从石头缝一下子蹦出来一样干脆利落，“你放心回去早些休息，我等会儿查到明天的船次再给你发信息联系。”冷特这个时候好像一个得了奖杯的运动员，浑身上下充满了活力。没等我再说什么，他竟然一扭头就消失得无影无踪。我都还没来得及问他，今晚到底是不是真的留宿蛋堡呢。

酒店果然给我送了一份好的礼物，留给我的房间很大，从窗户望出去还可以看见远方的维苏威火山，虽然看不到火山的全貌，但是足以让我心满意足。

微信“叮咚叮咚”响起一串视频通话邀请。

“亲爱的，你在哪儿？”文杰每次都这么能掐会算，她总是能知道我什么时候有时间跟她说话。

“我刚刚回到酒店，现在外面的景色很美，你要不要看看？”我举起冷特留给我的手机给文杰看窗外的景色，心里犹豫要不要跟她说冷特的事情。“其实我今天遇到了些状况。”

“你先别状况不状况了，能说话就说明你没有大问题。”文杰的心总是这么大，什么事儿在她眼里都不叫事儿，“你先淡定点，听我跟你说一件事！”

“你那儿又怎么了？难道你的老板又临时决定让你来意大利了？”

“你还真是能想美事啊！我就是想跟你说一个意外的情况——”

“我的妈，你也发生意外了？”我觉得是时候跟她说一说冷特了，不知道为什么我好想跟人聊一聊他。“我也是遇到了意外！

两个意外，一个比另一个更大——"

可是不等我把话说完，那边的文杰就打断我，大声对着我说："你妈妈知道你是自己一个人到意大利旅行了！"

"啊——怎么可能！"完蛋了，我的心脏忽然之间受到刺激，比早上丢了手机跳得还要快。

"我说让你淡定嘛。都怪我，是我错了，从头到尾都是我错了还不行吗！之前是我害得你买了意大利的机票，又放了你的鸽子。今天——"文杰用牙咬住下嘴唇，这是她的一个标准内疚的表情。

"哎呦，我的大小姐！你到底对我妈做了什么？"我急了，我可没工夫和耐心等着她慢慢内疚。

"我今天在朋友圈发了一张逛街的自拍照——忘了你妈妈能看到我的朋友圈，早点屏蔽她就好了。然后——你就能知道后面的事情发展了吧？阿姨那个人多能说，我哪儿是她的对手啊——"

"再求饶也没有用——"我气坏了！我是上辈子欠了什么债，才遇到这个成事不足败事有余的铁姐们？

"你先别想着骂我了，你还是想想怎么跟你老爸老妈解释吧。"不等我再说什么，文杰立刻跟我拜拜挂了视频。

扔给我这么一块烫手的山芋，她倒跑了，我简直被她气得咬牙切齿。

我心烦意乱坐立不安，干脆到酒店顶层的小露台吹吹风，这

心烦意乱，干脆到小露台上吹吹风

里倒也清净，除了我以外并不见其他客人。夕阳映红了远方包围着维苏威火山的云，桑塔露琪亚海港就在眼前。海鸥在头顶一圈又一圈地打着旋儿，不知疲倦地叫着，它们发出的是我从来没有听过的声音，或许因为我第一次跟它们离得这么近。这些海鸥身形相当庞大，而它们发出的叫声听起来仿佛婴儿的呓语，显得四

夕阳下远观维苏威火山

周相当空寂。楼下的广场喷泉旁边一群小孩子在追逐嬉笑，我看看他们，举起手中的酒，闭上一只眼，用酒杯挡住一只眼，隔着清凉的柠檬利口酒看远方，心里盘算着等会儿我该如何应付老妈的狂轰滥炸。

微信果然来了，我心里一惊。

“吃饭了没有？”我鼓起勇气一看，长舒一口气，原来对方是罗马冷特。

“没呢，我在看夕阳里的火山。”不知道为什么，冷特的出现让我一下子感觉放松了许多。

“吃一点东西早点休息，明天我早上八点半在酒店楼下等你，我们坐九点的船去卡布里。”

对哦，明天还有白色的卡布里等着我呢，我不能让老妈没完没了的质问破坏了我的心情。嗯，冷特提醒了我，发生了这样的状况，躲着可不是好办法，必须主动出击。我赶紧趁着老妈没有发威，先给她留一条微信：“老妈，我已经安全到达那不勒斯，这里太美丽了，有机会你一定要跟我老爸来哦！不过我已经快累死了，先睡了，手机要静音喽！明天还要早起去卡布里，再联系你们，等我照片啊！爱你！”急急忙忙把这条信息发出去，我觉得自己暂时安全了，谢天谢地。

“好的，明天我八点准时起床。现在就准备休息，你找到住的地方了吗？”忙完了老妈我才给罗马冷特回复过去。

“放心，蛋堡很舒服。晚安！”

这个冷特真是一个不靠谱的人，我没好气地关上微信，不去理会他。

“记得明天千万不能穿裙子，多涂点防晒霜。”罗马冷特又发了一条，他总是这么婆婆妈妈，穿什么都要管。

我躺在床上，在脑子里过一过明天的行程，又想起冷特说“千万不要穿裙子”这句叮嘱觉得好可笑。吊扇在头顶缓缓地转，我盯着看三片扇叶转了一圈、两圈、三圈，眼皮越来越沉，像是带着挺幸福的感觉睡着了。

那不勒斯

# 白色卡布里的新客人

——无时无刻散发着男性荷尔蒙的躯体内包裹着一颗细致体贴的心，竟然还热爱在厨房做料理，这样的男人岂不是绝世精品，即便他偶尔有那么一点点不靠谱也完全可以忽略不计。

第二天，我特意早起了半个小时，冲了一个澡，接着把整个人抹得香喷喷，才跑到露台用早餐。楼顶的小露台也沐浴在那不勒斯慷慨的朝阳里，或许是因为时间还早，这里除了笑容灿烂的服务生还是只有我一个客人，真不知道到底有没有我以外的其他人入住。

“不如等会儿建议冷特今天晚上就住在这个酒店，这样会方便我们明天一起去取手机，当然他要自己开一间房。嗯，应该还有空房。”我一边吃早饭一边不自觉地在心里盘算起来。

清晨八点半，我准时按下电梯的按钮。虽然心里不服气冷特的多管闲事，可我最终还是乖乖地按照他头天晚上的提示穿了一条白色紧身长裤，配了孔雀蓝真丝宽松娃娃领半袖上衣，在我心里这样的一身衣服才能配得上卡布里的气质和蓝洞的神奇。

“CIAO——”电梯门打开的时候，冷特果然已经等在院子里。他穿了牛仔蓝亚麻上衣，今天他的上衣并没有扎进下身的白色麻布裤子里面，看上去非常舒服又清朗的感觉，我能感觉自己的心跳在加快。什么嘛，他这一身衣服好像是特意在配合我。

“你？昨天还带来了换洗的衣服？”我又对自己的判断产生了怀疑，这个男人说的哪件事情是真的呢，他昨天明明说根本没有想好要不要住在这里。

“我——”他显然被我这突然一问搞得有些不知所措，抬起手看看表，示意时间快到了。

我偏就站在原地，看他怎么回答。

“衣服——是我昨天去后面大街上新买的。”冷特无可奈何的样子显得笨拙极了，有点像是跟我解释，又像是在喃喃自语。我猜他若不是满脸古铜色，此时的双颊一定会透红透红的。

什么情况？一个大男人竟然自己跑去买衣服？我忍不住用错愕的眼神打量他，然后“哈哈哈”地大笑起来。

“你笑够了没有？”冷特似乎有点急，额头开始冒汗，迅速恢复了他正常的男中音，对着我大叫：“时间快到了！”

“对不起对不起，”我强忍住笑，很想安慰他一下，抬头再一次认真看看眼前的冷特，说：“走吧！其实你今天蛮帅的。”这是我的真心话。

走过酒店前面的大广场，冲过新堡旁边不宽不窄的那条马路上穿梭不断的车流，那不勒斯码头就在眼前。我们顺利买到了九点的船票，还有点时间在码头消磨。

“你知道吗？对面的卡布里岛是一座魅力无限又充满神秘色彩的岛屿，有人把卡布里岛叫作妖女岛。从罗马帝国到现在，不知道有多少人被诱惑来到卡布里。罗马帝王奥古斯都更是不惜以大它四倍的伊斯基亚岛来换取它，但是奥古斯都与卡布里岛的缘分很薄，只是到此一游，随后就命归西天了，倒是他的继承人提比略福运不浅，在此整整享乐了十个春秋。很多名人，包括大牌设计师、明星，他们都喜欢到卡布里度假。”只要给冷特一定的喘息时间，他就又恢复了固有的腔调，这次轮到他重新眯起两只细长的眼睛看我，“今天嘛，有没有名人登岛不清楚，不过这个神秘的妖女岛确定要迎接一位新客人——一个中国来的小妖。”

我得承认自己真的很喜欢听冷特的声音，但是我总是不能接受这个具有磁性的声音所传达的内容。我狠狠回瞪他一眼，说：“看来的确是时间富裕得很，你又有闲工夫拿我寻开心了。欺负人就这么有意思吗？你说谁是小妖精！”

“你哪只耳朵听见我说了‘妖精’两个字？我明明说的是‘小

妖’。”他笑眯眯地看我，不给我反驳的机会，继续说：“在我看来这是一个褒义词，说明你与众不同又很可爱。”

“你说的话我搞不清哪句是真哪句是假，我也不想搞清楚。”我朝他撇了撇嘴，然后不再理会他，只是看向眼前看不到尽头的海面。

“宝贝，起床了吗？”我的天！老妈终于还是在微信里发问了。睡了一夜觉，我这个在老妈眼里永远的宝贝已经把她和昨天的告急忘得死死的。看见她这个突然间的问候，我的脸“通——”的一下又立刻涨了起来。

“怎么了？出什么事儿了？”

“我妈——”

“你妈妈怎么了？”

“唉，怎么跟你说呢？”我急得不知道如何是好，正在脑子里面反复排练跟老妈过招，身边的冷特却不知眉眼高低地问起来没完。“我——之前跟朋友约定的一起来意大利旅游，后来——嗨，你就别管这其中具体怎么回事了，反正最后的结果是我一个人来了。可是，我没有跟家里说实话，怕他们担心。现在，东窗事发，被老妈发现了……”

微信又想起急促的视频通话邀请铃声，我必须承认我的急脾气是不折不扣地从老妈那里继承过来的。

“苍天啊！大地啊！我该怎么办啊——你，快把船票给我！”

“干吗？”

哪顾得上跟冷特解释，我直接按断视频邀请，拿过冷特手里的船票，紧接着用最快的速度拍了一张照片发给老妈。

“妈——现在我准备登船去卡布里，不方便视频。我很好，很安全，放心啊！我已经找到了同伴，不信你看这里有两张船票。”我急得满头大汗，噼里啪啦地用我所能达到的光电速度把消息发了过去。随便先搪塞一下，躲过一时算一时。

“你这是跟什么人一起啊？老朋友还是新认识的？男孩还是女孩啊？你怎么事先都不跟家里说清楚？”那一边的老妈还是不依不饶地发过来一连串的问题，她是永远的问题女王。

“妈，我上船了，这里信号不好，回来我再慢慢跟您解释！爱您！”想要在聪明绝顶的老妈那里蒙混过关，真是比登天还难，这一点我爸就更聪明，他从来不在老妈面前耍花样。

谢天谢地终于登船了。快船缓缓远离那不勒斯海湾，还需要五十分钟到达目的地卡布里岛，电话真的没有信号了。

我们两个人坐在快船一层靠前的位置，我挨着窗户，冷特则坐在我的外侧。没有了网络，一下子好像只剩下看海和聊天可以打发时间。我看了一会儿窗外，回过头和冷特四目相接，他朝着我微微一笑，说：“其实你是个冒充强悍的乖女孩。”

“我才没有冒充强悍，早就跟你说了我不是你想的那样。”

“又来了，你怎么会知道我是怎么想的？”

“那还用问，大家肯定是觉得一个女孩自己出门旅行——不是生活中受了多大的刺激导致生无可恋，没准会在路上选择一个风景如仙境的地方了却一生；要么就是有钱有闲的大小姐，也没准是被有钱男人包养的金丝雀，反正是没事出来找乐子、寻找艳遇刺激的情场老手。”

“那你算是哪一种？”冷特又眯起眼睛看我，我不喜欢被他这样盯着看。

“我？我当然哪一种也不是。”

“所以说，每个人都有自己的故事。你不能替别人定性，你更不能替别人去想。”

“嗯，是时候让你知道我的故事了。我——”我看见冷特眼睛里面闪烁的亮光，接着故作神秘地说：“我其实是一个富婆，家里包养了小鲜肉，这会儿又想一个人来寻找意大利艳遇的。来，让我好好看看，眼前这位大叔——能不能入我的法眼。”

“去你的！吹牛很爽啊？”冷特用手拨开我轻轻搭在他下巴上的手指，起身朝着船舱后面走过去。

“嘿，你干吗？我逗你玩呢！”

“我去买水，给你降降温。”

不一会儿，冷特举着两瓶汽泡水回来，绿色的汽水瓶向外冒着一层小水珠，看起来好冰爽的样子。我迫不及待地伸手去接，他倒先用冰凉的水瓶托起我的下巴，说：“来，妞儿——给爷笑一个！”

气人！我一把抓过他手里的汽水瓶，算了，我在他这里永远占不到一丁点便宜了。冷特得意地在一边闪着他那一口白牙嘿嘿嘿地笑。

咕咚咕咚一口气喝下半瓶带汽儿的水，浑身上下都舒坦了。我这才注意到手里拿的是我来到意大利最喜欢喝的一款汽泡水，扭头忍不住奇怪地问他：“你怎么知道我喜欢喝这个？”

“我猜的，我能掐会算。”

“我们现在必须要立一个 FLAG：以后我们俩都省点力气好好说话，你正经点行不行？”我这暴脾气又要发作。

“好好好，大小姐别生气啊。”冷特也识趣儿，立刻乖乖地说：“我那天在天空之城看见你一直喝这个嘛。”

原来如此，这家伙还真是个细心的男人。“他果真是从见到我就注意我了吗？他其实算是个不错的帅男人……我的天，我在想什么呢？”我赶忙打断自己脑子里一闪而过的念头，努力平静住砰砰乱跳的心脏，绝不能允许这样的情绪继续蔓延下去。

“你家里管你很严吗？你是不是怕你妈妈？”冷特还真是个破坏气氛大王。我现在最不想想起来的就是这个大难题。

“还好吧，反正从小被他们管大的，大家眼里我是一个品学兼优的好孩子，上学、找工作所有的事儿从来不会让父母操心。也不对，我妈现在开始为我操心了，因为我快 25 岁还没有找到要娶我的男人。” 气氛确实是被带歪了，想到家里的那些问题，我开始有点烦躁，对着冷特眨眨眼，说：“其实我骨子里不想这样每天平平淡淡地活着，只是上班下班乖乖做一个朝九晚五的小白领，这日子真是还不如这一瓶带气泡的水有一股子劲儿。我实际上非常想尝试叛逆，骨子里很想做一些自己不敢做的，甚至是别人认为不对的事儿！”

“有妈妈管着，是一种幸福。”冷特若有所思地嘟囔了一句，然后立刻回过头问我：“所以，你就一个人来了意大利？”

“是的，当我最初知道文杰不能一起出行——哦，这个文杰啊，她是我的好朋友，铁磁儿。就是她开始撺掇我跟着她公差一起出来旅行的，可是后来她跟我说她又不能来意大利。我的天，我开始都有点傻了！往返的机票也买了，让我怎么办啊？可是你知道吗，我很快就偷着笑了，你能猜出来为什么吧？一个人的背包旅行——在意大利！这真是太刺激了！不是吗！”我越说越兴奋，口干舌燥，扭开水瓶盖咕咚咕咚又是几大口。

“你也说说你的故事给我听吧？”我真地对面前这一个男人产生了很大的好奇，“你别总是给我讲那些意大利古老的故事，我想听听你自己的。”

“我没有什么好讲的。”冷特不看我，低头捏得手里塑料水瓶嘎嘎作响。

“怎么会？你都这么大年纪了——哦，对了，你先告诉我你到底多大年纪总可以吧？男人的年纪不是秘密，是炫耀的资本，再说你都知道我多大了。”

“这些对你都很重要吗？我多大年纪，属什么，是什么星座？”

我看见他在皱眉头。什么嘛？说好的要好好说话，到头来他还是这个样子。懒得理他，我再也不想跟他说半个字。我不高兴地把头重新扭到窗户边，还是看海发呆省心。也对，反正明天拿了手机我们就分道扬镳，干嘛打听人家的隐私。刚才主动给人家讲我自己的那些事情，是我自己蠢、心甘情愿的，不是吗。

“我给你说说我的兴趣爱好吧？”冷特好像要弥补，在我身旁絮叨着说：“我喜欢运动，各种球类运动我都喜欢，排球我打主攻，篮球我打后卫，都打得相当不错呢。我还喜欢打网球和高尔夫球，对了，我还会开快艇。跟你说，我是一个运动好手。”

难怪这家伙身上完全不见皮肤松弛和肚腩凸起的那些类似中年男人的症状，反倒是隔着衣服都似乎能看见健硕的身体，结实的肌肉和修长有力的双腿，原来是个运动狂魔。其实仔细看看，虽然他的头发有些许银白，但是古铜色的脸颊上完全看不见皱纹，嗯，也许他并不老呢。

“这还不够啊？那我再想想——我还喜欢做饭给自己吃，除了运动我还喜欢在厨房里面打发时间。”

搞什么嘛！我没有听错吧？这位大叔竟然爱做饭？难道他真的会读心术，知道美食在我心里至高无上的位置，难道他能猜出来我也喜欢在厨房鼓捣？我好想立刻、马上跟他切磋厨艺，告诉他我最拿手的是用烤箱变魔术，我可以让各种面团在烤箱中慢慢膨胀，让空气中散发出不一样的诱人香气……难道这个男人真的是老天爷恩赐给我的豪华大礼——无时无刻散发着男性荷尔蒙的躯体内包裹着一颗细致体贴的心，竟然还热爱在厨房做料理，这样的男人岂不是绝世精品，即便他偶尔有那么一点点不靠谱也完全可以忽略不计。我简直控制不住自己的大脑开始天马行空地想象着：在明亮宽敞的厨房里，身穿蓝色上衣的冷特系上黑底白条的大厨围裙，站在铁灰色的大理石操作台前娴熟地切菜，正在准备一餐无懈可击的美食。而操作台的另一边，手持打蛋器的我把不锈钢盆敲打得“哒哒”作响，加糖，继续打，再加糖，盆里面的蛋白霜跟着响声在一点一点膨胀变白……

冷特又伸手揉我的头发，说：“你这大小姐脾气出门在外要忍一忍。好了，你看，船都快到了，等下我带你去看蓝洞。”

“别动！我最不喜欢别人碰我的头发！”我使劲儿摇动脑袋，甩掉他那只放在我头顶的大手。这个人真讨厌，就这么打断了我美好而奇妙的梦，尽管梦的男主角是他。

“快靠岸了，我们到甲板上去看。”

“我才不要听你的。”

“来吧！不会让你失望的！”冷特一把抓住我的胳膊，毫不费劲儿就把我从座位上拽了起来。

# 撑着小船儿进蓝洞

**——我们两个人的心脏第一次离得那么近，近到彼此能感觉到对方的心跳。**

**——这感觉一半真实，一半虚幻，美妙而安静，像是回到了妈妈的子宫里。**

冷特这一次说的是实话，从船舱钻出来站在甲板上的我一下子被远方的美景吸引了。远离尘嚣的妖女岛就在不远的地方，茂密的绿色包裹着依山而建的那些五色斑斓的民居房屋，大小船只各自有位置，安静地停靠在房屋前蓝绿色的港湾中。我们的快船越来越接近港口，海风吹在脸颊上，温柔得很。

“我能感觉到妖女在亲我的脸。”我简直被眼前的景致迷惑得不知道说什么。

“嗯，她也在吻我。”冷特的应和倒是很肯定。“等会儿下船我们先买票去蓝洞，今天天气非常晴朗，很适合进洞，我们现在到达的时间刚好。你确定不要做黄线的环岛游再进蓝洞？”

“不要，我们只有一天的时间在岛上，我只要进蓝洞就好了，留下时间还要上山去卡布里呢。”

“好，那我们就直接坐船去蓝洞。但是你也要做好思想准备，在蓝洞口我们大约还要排队等上一个小时左右才会换小船进洞，进洞停留的时间大约五六分钟而已，但是我保证你会喜欢的。”

我点点头，不知道为什么，有冷特在身边，我都不会觉得时间慢得让人无聊，大概是因为他会讲有趣的故事给我听。

很快我们就登上一只小快艇，船夫就站在我的身边，他的头发几乎全部都白了，看起来却依旧健壮无比。他的个子不高表情严肃显得很酷，棱角分明的两条腿稳稳当当地扎在船板上，粗大的双手熟练地掌控着快艇迎着海浪在南意的碧海蓝天中前行。其实这几天走过来，我真的发现一个以前对于意大利男人的误解，这是一个美丽的误解——我们总是一厢情愿地以为意大利帅哥都会生得人高马大，电影里的黑手党大多数都是大块头嘛。而事实上意大利本土的男人几乎每一个都是短腿矮个子，而我身边的这位冷特在这里反而显得有点鹤立鸡群，雄健无比。

“蓝洞每年的开放时间大约是 4 月到 10 月，现在是 7 月，刚好是入洞参观的最佳季节。其实就是一年这 200 来天里，游客也不是每天都可以参观蓝洞，需要同时满足以下两个条件：第一，晴天，阳光必须充足，这是蓝洞形成的最重要的条件，阴雨天或者云厚都不行；第二，风平浪静，浪高不能高过 40 厘米，因为洞口很小，离水面也就大半米，所以风浪大的话洞口会被封住，无法进入。你看看现在，完全满足这两个条件。”冷特难以掩饰心中的兴奋，“你真是个有福气的小妖！”

“去，谁是小妖！”这一次我没有生气，忽然觉得“小妖”这个名字也不难听。

大概二十分钟左右我们就靠近悬崖下面的蓝洞，不过不出冷特所料，洞口已经显得极为繁忙，排起了大大小小船队。大的快艇要按先来后到安排船上的客人换乘小船，才能靠着小船上的船夫摇桨进洞，正午的太阳光照耀下海水蓝得刺眼，船夫穿着白色 T 恤在小洞口熟练地载着客人进进出出。

“哎？山脚的楼梯怎么还有队伍下来？”只见蓝洞入口的地方，从山上顺着悬崖有一条梯子，游客沿着梯子一直排下来形成另外一支队伍。

“那些人是坐公交车或者出租车上山去安娜卡布里的，他们不需要坐船，顺着山路走下来等候小船载他们入洞。”冷特是不会让等待时间寂寞的，他给我讲蓝洞的故事：“卡布里岛属于石灰质地形，岩石峭立，岩石间有许多奇特的岩洞，其中最著名的就是蓝洞。你知道蓝洞里面的海水为什么展现那样神奇的蓝色吗？是因为这个小小的洞口的特殊结构，蓝洞洞长 54 米，洞高 15 米，水深 22 米，一方面阳光可以从洞口进入洞内，另一方面又从洞内水底反射上来，因此洞内的海水一片晶蓝，连洞内的岩石也变成了蓝色。因此，蓝洞被誉为世界七大奇景之一。”冷特的故事唤醒我的记忆，这些都是我曾经查过的资料。只是我敢肯定，如果现在没有他的解说，我根本就想不起来，一定会像当初自己走在罗马的石板路上一样。

有一些豪华的游艇也会掺杂在排队入洞的队伍当中，只不过，那些游艇上身穿比基尼的美女还有富豪们，会速战速决，快来快走，我猜一定是他们给的小费多才会自动优先入场。看来我们的快艇还要等上一段时间，船夫索性关掉了引擎，就让船在海面上漂来漂去，船身被周围进进出出的游艇挤出来的海浪推动摇摆得有些厉害，身边的一个中国小女孩开始恶心呕吐。

“切，有什么可了不起的！”我们已经在正午的海面上漂来荡去等了将近一个小时，都是拜这些后来插队的阔佬所赐，我不服气，对冷特说：“别急，等有朝一日姑娘我有钱了，再来蓝洞，也包上一艘游艇，要最漂亮的！到时候我一定叫上你，让你也享受享受，对，咱们也在船上开上一瓶香槟。”

“行啊！我可都记住了，你可别不认账。”冷特倒是一脸的见怪不怪，可不是嘛，他是导游啊。

终于等到我们这只快艇上的游客上小船，这时候我才明白为什么冷特昨天特意嘱咐我今天一定要穿长裤，那些穿裙子的女人在翻越船板的时候都尴尬得令人难为情。

“谢谢你提醒我穿长裤。”

冷特笑笑，又伸手揉我的头。真不明白他为什么这么喜欢蹂躏我的头发，不过这一次我没有躲开。

小船最多容得下四位客人，船夫站在中央，船头船尾各坐两位游客，即便这样也会显得非常挤。我看冷特跟凑过来的船夫说了几句，船夫很高兴的样子，在我们俩上船以后伸手示意后面的

人再上下一只船。

我和冷特一前一后坐在小船头，冷特在我的身后，张开双臂撑在我身旁的小船两侧。**我们两个人的心脏第一次离得那么近，近到彼此能感觉到对方的心跳。**

小船还在海水中荡漾，等待入洞。船夫四十多岁的样子，会说一点点英语，他站在我的身前，笑眯眯地对我说："祝你幸福！"

"他为什么会突然跟我说这句话？"我侧过脸问身后的冷特。

冷特凑在我的耳边，说："这是进洞口令。"

无比美妙的蓝洞

蓝洞洞口边上了桩，绑了粗粗的铁链。船夫其实不是划进蓝洞里面，他到了洞口猛一拉绳索配合着海潮向后仰身一下就“滑”进去。当然，船上的我同时配合着船夫大嗓门的口令猛地一仰，只是一刹那，我闭上双眼，让自己的身体倒在了冷特结实的胸前。进入这个神秘的蓝洞只是几秒钟的事儿，而这几秒钟我的心脏“突突突”地快要蹦出来。

没有多久我张开双眼慢慢适应了洞内的光线，映入眼帘的是一汪湛蓝的海水犹如宝石一样闪着妖媚的光芒，我简直不能相信这一切是真的。洞里每一只小船上的船夫都在为客人哼唱着意大利歌曲，我只听得懂其中的两支歌曲《桑塔露琪亚》和《我的太阳》，冷特说他们有的在唱《重归苏莲托》，总之不管他们到底唱了什么，又或者是哼着曲调，那声音都悠扬地回荡在洞内，好像他们每一个人都被歌王帕瓦罗蒂附身。小船在洞中晃啊晃，我听着歌声，不知不觉地依旧靠在冷特的肩头，看着这洞中的奇景，竟然说不出一句话。这感觉一半真实，一半虚幻，美妙而安静，像是回到了妈妈的子宫里。

从蓝洞返回到码头已经是下午一点半，我们俩乘车到上山。整个卡布里小城中心建在半山的峭壁旁边，房屋都是白色的，开满鲜花的狭窄道路像迷宫一般。这里有教堂、无数顶级奢侈品商店，还有大大小小的花园，当然少不了各种小型却价格不菲的度假酒店。可是我现在并无心穿梭在游客中浏览，对我来说先找个地方填饱大声抗议的肚子才是头等大事。

我们在翁贝托一世广场旁边找到一张面朝大海的餐桌。我要了一杯柠檬利口酒，冷特还是喜欢冰镇啤酒，我们并排坐着欣赏着眼前地中海明亮的蓝色。我吃着生火腿、芝麻菜和西红柿拌马苏里拉水牛奶酪的沙拉，眺望远处海面上闪烁着的波光，又大口吃了下了一块玛格丽特比萨，虽然这里的比萨不能和昨天的老店比萨味道相比，但是四周围蔓延着浓郁的海水腥气足以给它加分

弥补。终于吃不动了，我看看冷特，他竟然在一旁看着我笑，那样子简直又傻又呆，看上去明明就是一个青春期的小男孩在做白日梦。我的心一动，感到一阵轻微的眩晕，不知道这是之前坐船去蓝洞留下的后遗症，还是刚刚吃进去的食物大量摄取了我的血液供应给胃部的原因。我是谁，他是谁，我们为什么一起坐在这里？这些似乎都已经不太重要了。只是这一刻停留，我的心已经满足得一塌糊涂。

“走吧，我带你去吃冰激凌。”

我伸了一个懒腰，同意了，起身跟着他，这一次我可以仔细留意身边的风景了。

这个富豪们都宠爱的卡布里奢侈却不奢华，靠近山边的小路绿树成荫，玫瑰花、丁香花、三角梅、夹竹桃、含羞草，还有各式各样我叫不出名字的花草开在树上、房前争奇斗艳。一栋又一栋白色的小房子面朝大海依山而建，低调内敛地透着它们那股子悠然自得的贵族气。下午的地中海阳光洒在白色的屋顶，又透过枝条映衬下来，我这明明是被冷特带入了一个仙境。

冷特继续引着我一路向前，一直走入山边的奥古斯丁花园，花园的一侧是断壁，这里安静极了。我低头看向悬崖下面碧蓝的海面和穿梭不停的白色小船，好神奇啊，这里的海水是会变换颜色的。

“瞧那边，”冷特手指向左侧海面上的两块大石头，“那是这里最有名的情人石。相传这情人石原本是相爱的恋人，因为无法在一起纷纷跳入海中殉情，之后就成了现在这样相依相偎的石头。”

“这种殉情的故事我最不能接受，我真替他们可惜。干吗非要变成两块冰冷的大石头，如果活着他们总还有机会在一起不是吗？”我真不明白为什么世间伟大的爱情都要以死相谏。“我可没有他们的这种勇气，也不会祈祷自己拥有这样伟大的爱情。我啊——就是一个俗人，我只希望有朝一日和我的爱人在一起过个小日子，能一起做饭吃就很开心啦。”

“我同意！”

从卡布里的奥古斯丁公园看情人石

“对了，怎么还没吃到冰激凌？”

“哈哈哈，你怎么什么时候都能记得吃。这么美丽的故事也不如冰激凌的诱惑大？走吧，前面就到了。”

真是这样，我只用舌尖舔了一口柠檬味的冰激凌，冰凉又极酸的感觉立刻像过电一样遍布身体的每一个神经末梢，这感觉来的强度绝对超过了情人石给我带来的震撼。一股子麻酥酥的劲儿直冲头顶，我忍不住迅速闭紧了双眼，冷特在一边“嘎嘎嘎”地大笑不止，这个笑声太过彻底，一下就和冰激凌的味道一起在卡布里的烈日下印入我的脑海。

我们回到码头买了傍晚 6：30 的返程船票，时间还有富余，就在码头边再一次找了家餐馆坐下来发呆。我又点了一个迷你酥

卡布里的码头停泊着数不清的小船

皮苹果派，真不知道人的口味为什么总是有那么一点的小执着。喝了一口浓缩咖啡，香浓中略带苦涩的咖啡滑过我的喉咙，浑身舒服极了。我看着眼前停泊的小艇，对冷特说：“这里果然太漂亮，不愧被称作蜜月的天堂。能在这里度蜜月，该有多完美啊！”

“这个世间哪来的完美呢？追求完美可能只属于少数艺术家的目标，其实最后他们也还不是落个疯癫痴的结果。”

“哎——你这个人真奇怪，在这么美妙的地方，你尽说些丧气的话。”

“也许只有上帝才是完美的，所以如果一个人拼命去追求所谓的完美，他就离上帝不远了。”冷特并不看我，好像在一旁自说自话。

“你对完美的定义大概跟我不一样，我的版本可能比较低。比如像今天这样，从早上一直到现在，去看了绝世无双的蓝洞，又领略了卡布里整座城池的生机盎然，还吃到美妙的食物，我的心里就已经觉得完美了，尽管这不是我的蜜月。”我其实还想说，“还有你在我的左右”，但是这半句被我咽了回去。

冷特扭头看我笑了，说：“吃到美妙的食物才是你的重点。”他笑的时候，眼神特别明亮。

我缩了一下肩膀，说：“不全对，蓝洞真是太惊艳了。我并不是只盯着吃的东西，好吧？”

冷特点头表示赞同，说：“对了，今天晚上我也要搬到你住的酒店去。”

什么？难道我又出现幻听了吗？

“你别这么瞪着我，你那两只大眼睛瞪起来像是要吃人。蛋堡今晚不留我，没办法，我只能跟酒店预订了一个房间，你不用这么紧张，明天一早我要带你去取手机，这样刚好方便。”

“随你。”我摆出一脸的无所谓，轻描淡写地答应着他，心里有说不清楚的滋味。其实，我想说的是，“谢谢。”

# 敢不敢去活火山下看庞贝

**——我们两个女孩坐在那不勒斯的海滨餐馆，探讨着 228 公里以外的那个罗马冷特，不知道他有没有打喷嚏。**

睡不着。

这一天下来躺在床上，浑身上下每一块肌肉都乏累瘫软，可是支配肌肉的每一根神经却还在亢奋，如此奇怪的感觉折磨得我难以入睡。

我的脑子乱得很。

从卡布里回来赖在床上，跟夜猫子文杰说起关于冷特的出现，我是那么兴奋，可她却狠狠打击了我。

"搞什么鬼啊？你竟然喜欢上了一个故作神秘的老男人？"

“还好了，他很健壮，除了有些许白发。也许——他根本不老呢？关键是，我喜欢他的声音，还有他的笑容，还有——他这个人好像特别知道体贴照顾我，不管怎么说，有他在身边我非常踏实。”

“他看你一个女孩出门在外就起了歹意，从罗马跟踪过来，这明明就是想占你便宜啊！拜托，你的智商是负值吗？听我的，他最终的目的就是想上你的床。”

“你别瞎说，他看上去真不像个坏男人。”

“你懂什么，你了解男人吗？知道男人到底在想什么？就凭你之前交往的那两个小男生，你根本回答不出来，你不懂得男人，尤其是在国外空虚寂寞的老男人！他们是用下半身思考的动物，什么事情干不出来啊！”

“可是，他这个人很有意思，能给我讲故事，他还跟我有共同的爱好，你知道吗，他竟然也爱下厨房！这是多难得的事情。我就是控制不住地想他，很想跟他一起继续后面的旅行呢。”

“我是为了你好，我的傻姐们儿！千万不要引狼入室，切记不要把他留在身边，明天拿了手机你必须跟他拜拜。你看看我，我就是活生生摆在你面前的例子！我之前被那些老男人害得还不够惨吗？那些血淋淋的教训你都不记得吗？”

“你是你，我是我，我们又不是同一个人。你遇到的是坏男人，不代表我也会遇到。冷特到现在都没有碰过我的手，我都有点忍不住占他的便宜呢，你都不知道他有多帅啊——”

“你要是这么犯花痴，我就没有办法了，最后不要吃亏了再来找我哭。我现在真想立刻飞到意大利，使劲儿敲敲你的脑袋，你快醒醒吧我的祖宗！我睡觉了，你好自为之。”

“哎——别睡啊你！仔细想想，从一开始我被你抛弃不得不一个人来意大利，到现在遇上了冷特，这一切都算是老天爷特意安排的吧？”

文杰没有再出现，真希望再跟她多聊几句，哪怕她还是像刚才那样骂我也行。可惜手机里的她消失得不见踪影，只留下我一个人。我如她所愿，一直醒着，翻来覆去傻呆呆地怎么也睡不着。不知道走廊那一端的冷特睡了没有？他应该已经睡了，因为明天还要早起。冷特说我们明天早餐后先要坐小火车去庞贝古城，然后跟他那个罗马带团过来的哥们儿会合，取回我的手机。嗯，我的手机很快就要回归本主，那时候，冷特的使命也该完成了，明天他真就要回罗马了吗？

“睡着了吗？给你发一个催眠的。”罗马冷特出现了，原来他也没睡，他给我发过来一个智力测试：

8+5=133 9+4=135

5+7=？

“我的智商估计达不到这个水平。”刚刚才被文杰打击了，这次又轮到冷特，心里还真是来气。

“我知道，所以发给你助眠的。晚安啦，明天早上见。”

这个冷特什么意思嘛！反正闲得无聊，试试就试试，我掰着手指头算，果真就睡着了。

第二天上午，在庞贝古城入口处，我见到了雪儿。她戴一顶粉色的棒球帽，白衬衣扎进浅蓝色紧身牛仔裤，把她的女性曲线展现得淋漓尽致。她的衬衣解开到第三个纽扣大方地裸露着雪白丰满的身体，幸好她的脖子上挂了一个塑料的导游证件，要不我简直都不知道在哪里安放我的视线。“嘿，你好，陈光！我叫雪儿，这是你的手机——终于可以物归原主啦。”她忽闪着一排浓密的睫毛，抬眼看着我，从身后的双肩皮包里面取出我的手机递了过来，我完全蒙了——难道这个风情万种的女人就是冷特说的那个哥们儿？

“谢谢——真没想到——”我接过手机，支支吾吾不知道如何是好。

“嘿嘿，吓着你了吧？别紧张，冷特这个人就这样，跟谁都是哥们儿，他是个没有性别的人。”雪儿说完，朝我身边的冷特挤了挤眼睛。

“你这个家伙，别仗着你貌美如花就可以随便诋毁别人啊！”冷特貌似有点尴尬。

“好好，我走喽，你们尽兴。”雪儿笑着扭身带着她的客人们离开。

“这——我的脑子都转不过来了。”这个时候我不得不承认我的智商的确是负值，我已然被这样一位从天而降的、冷特所谓的哥们儿扰得不知所措。可是这也不怪我，脑子不够使是天生的嘛。

“转什么？来吧，我带你去走一走庞贝古城，敢不敢跟我去体会瞬间毁灭的感觉？”冷特低头看着我，他的眼神令人费解。

“有什么是我不敢做的事情？再说，庞贝古城本来就在我设计的行程之中，没有你我自己都会进去的。”说完这句话，我都相信自己是一个了不起的 super girl。

“我们还不如跟着雪儿，我看见他们的旅行团刚才来了一个专业讲解员。”我望着雪儿手里高举着的小旗杆渐行渐远，真想追上去听。

“你开什么玩笑？一个专业导游在身边，你还想着去蹭听？”冷特显然被我的语出惊人气到了。

该死，我真希望刚才说的那句话能撤回。

冷特做了一个怪模样，说：“你啊，就乖乖地跟着我吧。”我使劲儿点点头，还真就乖巧地跟着他。

我的这一举动似乎平复了冷特刚刚的不满，他即刻恢复了常态，开始认真地给我讲故事：“庞贝这个词源于希腊语‘Pempo’，P——e——m——p——o，它本身是个动词，意思是‘处死’，又译作庞培，用来纪念古罗马政治及军事家格奈乌斯·庞培。庞贝城位于维苏威火山南麓，脚下是萨尔诺河。庞贝历史可以追溯到公元前 10 世纪，在经历了希腊人和萨莫奈人的统治后，公元前

89 年，庞贝最终被罗马征服，成为罗马帝国的殖民地。从此，庞贝的历史就和罗马联系在了一起。罗马帝国是一个经济、文化高度发达的奴隶制国家，庞贝在罗马帝国统治下和平发展了近 160 年，迅速成为帝国内仅次于罗马的第二大城市。”

即便眼前一片废墟般的古城只是两千多年前那座繁华城市的三分之一，在我看来这里明明就是个巨大的迷宫，如果没有冷特带领着，我想单靠我手里的这一纸地图标识，我肯定会哭死在头顶的烈日下，甚至穿越到埋在地下的那三分之二的古城也不是没有可能。

冷特的脑袋里就好像自带 GPS ，他简直就认识每一条路。他带着我一边走在大块的石板路上，一边指着街道两旁的大石头不停地给我讲：“庞贝城面积大约 1.9 平方公里，四周环绕着 4800 多米长的石砌城墙。由南到北，由东到西各有两条笔直平坦的大街，把全城分成 9 个城区，每个城区又有许多街道和小巷纵横相连。街面宽达 10 米，铺着整块的大石板，中间的路面上留下了一道道很深的车辙，被磨低了一两寸深。原来古罗马马车非常发达，武士和贵族的马车总在路中间疾驰。在所有的交叉路口，都设置着一块块凸起的约 30 厘米高的隔石车，当飞奔而来的马车临近交叉路口时，自然放慢速度，使车轮从石头夹缝中缓缓驶过，类似于今天道路上的减速带和斑马线。”

他甚至知道那些曾经在繁荣时期这里经营过的店铺的故事，反正无论是什么样的故事，不管有趣还是无聊的，只要是用他那

庞贝古城里面曾经的贵族家园，从地上的马赛克拼图可见一斑

个特殊的男中音讲出来，我都爱听。“庞贝的商业和手工业已相当发达，有多种多样的手工作坊和小商店。还有许多磨面、烘烤面包的作坊、榨橄榄油的油坊。各条街上还有一些小酒店，柜台都是用平滑的石片砌成，一只只大小不同的酒缸砌在柜台里，顾客们既可来打酒回家，也可以就在柜台边痛饮，许多客栈兼营酒水、食宿、赌场等。庞贝人丝毫不掩饰他们对金钱的喜爱，有个商人就在商店的牌匾上写着——钱，欢迎你。”说到这儿，他朝我坏笑了一下，“走吧，我带你去那边看看庞贝人的妓院。”

我的天，真想象不出，这个庞贝城里的人曾经过得是多奢侈的生活。

庞贝妓院墙上的春宫图

“城中 10% 的土地都用于修建休闲娱乐设施，城内建有三个大浴场，一个竞技场，两家剧院。浴场里有许多黑人奴隶，为浴客提供按摩、涂橄榄油、化妆和除毛等各种服务。和罗马其他城市一样，庞贝盛行娼妓文化。别看是个小小的庞贝城，一共有 25 家妓院，我带你看的这家算是最正规的。”

在曾经的市中心以东一片较为密集的居民区，冷特带我找到了所谓的最正规妓院。这里一共十间房，每个房间的床看上去都很小，大概庞贝人生的个子比较矮。大门口有淫神普利亚普斯的画像，用以表明此场所的功用，每间客房门口都会有不同内容的性爱壁画，画得都很细致，我其实非常想仔细看看，只可惜冷特在一边，实在不好意思。

“庞贝人民的生活还真是丰富多彩啊！”

“可能就是因为这里的生活太舒服太诱人，所以公元 62 年庞贝经历一次大地震后，即便古城遭到了十分严重的破坏，当时的罗马皇帝尼禄也一度考虑是否应该遗弃这个地方，庞贝城的许多居民却选择留下。可惜，他们的理想家园庞贝城的重建还未完成，到了公元 79 年，一场灭顶之灾就来了。维苏威火山积蓄了数千年的能量终于按捺不住爆发出来。仅仅 18 个小时的时间，庞贝遭遇火山爆发、4 次熔岩流和 3 次灰尘暴袭击后被彻底湮没。当时很多人是被火山灰直接淹没致死，考古学家用很多办法展现了受难者临终前的各种状态。你看，这些都是。”

我看着用石膏还原的这些曾经的庞贝人，在灾难到来的瞬间，

用石膏还原的庞贝人和他们曾经使用的器皿工具

他们有的趴在地上，有的两手抱头蜷缩成团，还有很小的躯壳应该只是个嗷嗷待哺的婴儿……

“当然也有的人活过了火山喷发第一阶段，但在逃命时依旧难逃厄运。就好像以前的一部电影叫《死神来了》，每个人都躲不过死神的安排。考古学家前不久就曾经发现了一具胸部被大石块压住却保存完好的骸骨，就是在逃跑瞬间被火山灰淹没以后，却又被流石砸中毙命的例子。毕竟是庞贝，火山灰很适合保存尸体。”

“怎么样，看得过瘾吗？”冷特用手指头捋了捋额头的一排汗珠，这里实在是暴晒。

“太可怕了。”终于能活着离开，我简直有一种逃出升天的感觉。“我只能祈祷，对面的火山现在不要爆发。”

“古城遗址中一处壁画上的铭文说，世界上没有任何东西可以永恒。”冷特用他那一对细长的眼睛眯起来看我，“可是，如果现在维苏威火山喷发，我们就会永远留在这个神秘的地方，也是一种永恒。”

“去你的！我才不要惨死在这个鬼地方。我老妈老爸还在家里等着我，我还有好多事情没做呢！不是跟你说过吗，我最受不了的就是以死相谏，有什么事情是不能坐下来好好吃一顿饭解决的呢？一顿不行，那就两顿好了。”

“又来了。”冷特哭笑不得地摇了摇头，看来是对我彻底没办法了。

“等下——”我忽然才意识到他刚才说了些什么，“你要跟我干吗？”

“我说什么了？”

我就盯着他看，等着他的回答。

“逗你呢，小姐，别人随口一说的不要都认真。走吧，我们下午要搭雪儿的车回那不勒斯。”

我们在水果摊前找到了一个人优哉游哉地喝着橙汁的雪儿，庞贝的骄阳炙烤得我心里直冒火，忍不住立刻跑去对面买冰激凌。这一次冷特没有跟上来，他留下和雪儿说话。

雪儿带的客人并不多，加上我和冷特不过十个人，一辆中型依维柯车完全可以容纳，到今天我才知道原来依维柯是个意大利的品牌。开车的司机是个意大利男人，他和冷特也很熟络，热情地打了招呼，然后朝我笑笑，这笑容真是有点奇怪，令人琢磨不透。

司机一边开车一边在用意大利语和雪儿、冷特聊天，这些让人完全听不懂的话搞得我昏昏沉沉地睡了一路。

“嘿，亲爱的，你睡得可真香。”我被轻轻摇晃着，我睁开眼看见肩膀上她那猩红色的指甲，雪儿笑盈盈地看着我说：“酒店都到了，该下车了。”说完，她蹦下车，朝着我招手示意我快一点。

我还没完全从睡梦中明白过来，扭头寻找冷特，他什么时候坐到副驾驶的位置上去的？我也跳下车，奇怪地看着他。

“我今天晚上回罗马。”冷特好像很喜欢捉弄我。还没等我再说什么，车门关上，车子启动离我而去，冷特回头隔着玻璃窗一边微笑一边朝着我挥手。

我站在那看着远去的依维柯，心里气得冒烟，“什么情况啊？怎么能这样说走就走了？真是太过分了！都没来得及好好说一声谢谢，就算走也要郑重其事地告别才对啊！”

“你今天归我了。”雪儿轻轻地说，我这才发现我忽略了一直站在我身后的她。

“你——你不回罗马吗？你的客人们怎么办？”

“客人们有冷特呢，我放假喽。”雪儿一边说一边努嘴朝着我做了一个亲吻的动作，她的双唇性感得令人怦然心动，“一会儿你想干吗？我们找地方喝一杯吧。”

“好啊，反正我现在没什么计划。”我们俩一起朝着酒店门口走，我问她：“可是，你今晚要住在哪儿呢？”

“冷特的房间啊，他不是昨晚在这家酒店开了房间吗？”

“原来是这样。”我心里想不太明白，冷特怎么能和美女这么熟络呢？原来他并不是只对我一个人关心，所有的美女都是他的朋友，之前怪我少见多怪想多了。

我们在酒店稍做安顿，雪儿叫了一辆出租车带我到了一家海滨的餐馆。她好像认识这里所有的人，老板亲自过来引着我们到了一张靠窗的餐桌。

“听冷特说带你去吃过比萨了，这里的意面很赞，尝尝吧，我觉得你会喜欢。”

她怎么什么都知道，两个人的关系不一般嘛。我点点头，按照她的推荐要了一份简单的只是加了西红柿果肉、香蒜和番茄酱的细丝意大利面。其实我现在并没有什么胃口，根本就不想吃东西，只不过一想到人家雪儿替我拿回了手机，我觉得我应该请她吃一顿饭，表示感谢。

雪儿自己点了一份蘑菇意面，又要了一瓶冰镇白葡萄酒，她说从庞贝回来整个人都需要降温，这一点我倒是很赞同。

意面还没有上桌，冰酒桶里面的白葡萄酒已经消失了半瓶。

雪儿的脸蛋红润起来，她悠悠地看着我，说：“你是个有意思的女孩，不简单嘛。”

“为什么这么说？咱们俩甚至都刚刚认识。”我喝了一口酒，洋装轻松。

“可是你认识冷特有几天了，别忘了我们是哥们儿。你知道吗，曾经我们大家都以为冷特是个同志，因为他对女人从不感兴趣。别误会，我没有说同志不好的意思，只是觉得我们这些单身的女人，少了这样一个帅哥的选择很亏，不是吗？”她把头扭向窗外，这样的角度看过去，她的天鹅颈很美。

“他为什么会这样？这个人好奇怪，总是显得神秘兮兮的。”我不由自主地叹了一口气，提起这个冷特就戳得我的心不舒服。

“他的确有些古怪，我们接触也有两年了，”雪儿嫣然一笑，说：“不瞒你说，我第一眼看见他就喜欢他，很多女人都像我一样倾慕于他。可惜，最后我们都跟他成了好朋友而已。”

“是这样啊——我还觉得冷特那么爱训斥别人，女孩子估计都会讨厌他这种性格。”我心里怎么酸溜溜的。

“你说你没有喜欢冷特？鬼才相信。”雪儿咯咯咯地笑起来。

我能感觉自己的脸一下子又开始发涨，幸好雪儿也不再追问。她一边吃着盘子里的意面，一边喝酒，滔滔不绝地给我讲那些她当导游曾经遇见的各种奇怪的人和事。我却完全听不进去，神不守舍地想着刚才那些有关冷特的话，直到吃完盘子里的意面，我都没有太在意这盘所谓不错的意面到底是什么滋味。瓶子里的酒喝光了，雪儿还在兴头上，她问我要不要再喝一点，反正时间还早，我说好啊。她就跟老板又说了什么，不一会儿，服务生撤掉了餐桌上的所有盘子和酒杯。

“你干吗？我们不是又要了酒？”

“对啊，我要了一瓶香槟。”雪儿朝我眨了眨眼。

“香槟？为什么要喝香槟？有什么事情值得庆祝吗？”

说话间，老板又捧上来一瓶粉红色的香槟。金色的冰桶堆满晶莹剔透的冰块，深绿色的玻璃酒瓶壁上挂满了一层细小的水珠，美极了。

我心里忍不住开始嘀咕：“这酒看上去可不便宜，不知道这顿饭要花我多少钱啊？后面我在意大利还有十多天还要过的。”可是，既然这么美艳的香槟都已经端上桌了，我哪儿能退呢，索性硬着头皮喝吧。

“你不是问我为什么庆祝吗？为你啊——”雪儿说话的速度开始慢了，看样子她已经达到微醺状态。

目前我还好，我感觉自己的意识还算清醒，不知道这一大瓶香槟进肚会怎么样。

“Cheers!”

我们两个人的酒杯轻轻碰了一下，立刻发出了一个及其清脆的声音，在空气中扩悠悠地散开，粉红色的气泡被水晶酒杯包围着随着声音荡漾。

“不值得为你庆祝吗？你开启了冷特这一扇大门，你为我们证明了他其实还是一个正常的男人。”说到这里，她又笑了起来，浓密的长睫毛闪烁着。

“你——你把我说糊涂了。”我的心咚咚咚乱跳，一口干了酒杯里的香槟，旁边的服务生立刻又替我加满。看着粉红色的酒在旋转，我也有些晕了。

“你不会告诉我，你看不出冷特为你动心了吧？”

“我真的——我根本搞不明白他这样一个男人。”我的脸颊涨得要爆炸，心脏狂跳，有点恶心的感觉。

“那好吧，我告诉你——冷特这次是一反常态被你征服了。”雪儿的脸上掠过一丝无可奈何。

“他什么也没跟我说过——我们——也才刚刚认识几天而已，我甚至不知道他的年龄，他的任何事情我都不知道。我——”我简直语无伦次。

“来吧，宝贝儿喝一口，别紧张！”

“我，我才不紧张。”我一仰头，又是一杯进肚。

“嘿，慢一点，这酒很贵的。”雪儿好像又清醒了。

服务生还是带着标准的微笑，殷勤地为我的杯中加满了酒。

“我跟你说，我觉得冷特还是挺帅的——”我脑袋有点晕，不是，是很晕。

“嗯，谁说不是呢！这么一个大帅哥被你抢走了，真是可喜可贺！”雪儿眯起眼睛看我，那样子极其妩媚，她说：“其实我也搞不懂，你吧——又高又瘦，皮肤白皙，眉清目秀，头发乌黑发亮……算是一个漂亮的女孩，但是你又算不得出众。说实话，有多少个比你更有姿色的女孩都不曾让他动心。你身上到底有什么与众不同的地方呢？”

我也搞不懂。清醒的时候搞不懂，现在喝得晕乎乎就更不懂了。“可是，他为什么就这么走了呢？都没有跟我说一句话就回到罗马了。为什么呢？”说到这里，我简直就——想哭。

“你不用担心，他不会让你失望的。”

我们两个女孩坐在那不勒斯的海滨餐馆，探讨着 228 公里以外的那个罗马冷特，不知道他有没有打喷嚏。瓶子空了，粉红色的香槟不见了，天也黑下来。我伸手叫服务生结账，雪儿神秘地笑着拦住我，说：“不用你，冷特已经付过款了。”

我的头晕得很，顾不得许多，跟着雪儿摇摇晃晃地上了出租车，回到酒店。

这一次我没有失眠，一头倒在大床上眼睛就再也睁不开，睡得天昏地暗。梦里好像看见冷特又回到我的身边，伸手揉我的头。

# 阿尔玛菲的骄阳下，什么都可能发生

**——冷特的手很大，手心微微沁着汗，刹那间把我的手紧紧握住，好像生怕我会改变主意从他的指缝间溜走。他低头看向我，我们两个人相视一笑。怎么会？这个人好傻啊，好不容易抓住的手，我才不要松开。**

第二天早上一觉醒来，我感觉浑身都轻松多了，只是被镜子里黑色熊猫眼鬼脸吓了一跳，才想起来自己昨晚睡觉前没有卸妆洗脸，赶紧钻进浴室，一边冲澡一边试图回忆着跟雪儿的晚餐。我们好像一直都在谈论有关冷特的事情，吃了意面喝了白葡萄酒，接着又开了一瓶香槟，雪儿说我开启了冷特这扇大门……记忆并不连贯，有些模糊又好像并不太真实，难道我真的喝多了？管他到底都做过什么，反正都过去了，朩小姐天不怕地不怕，去他的逃兵冷特。等会儿还要去阿尔玛菲海岸呢，打起精神来！

不记得什么时候，我无意中看了一个叫作《托斯卡纳艳阳下》的美国电影，里面女主为了找到那个让她心动的男人，一路从托斯卡纳追到阿尔玛菲海岸的波西塔诺小镇，当时电影画面的美景太吸引人了，我告诉自己到了意大利一定要亲眼看看这个美得不像样子的地方。今天，这个愿望终于要实现了。

我吹干头发，也学着电影的女主角穿上特意为了这个旅程准备的白色棉麻连衣裙，腰间扎了一条在罗马新买的宝石蓝色宽腰带，登上浅蓝色的帆布麻底休闲鞋，我觉得这样的打扮才能更好地融入我心底那幅美好的画面。

打理好一切我来到露台，那不勒斯的天空从清早开始就蓝得耀眼，已经有几个客人在用早餐，却不见雪儿的影子，我想她大概还在睡觉。什么吗？远处的那张桌，冷特坐在那里朝着我微笑。我使劲儿闭上眼睛，等了几秒钟，再睁开，没错，明明就是他，穿着那件空气蓝上衣的男人，是冷特。

“你——不是昨天晚上回罗马了吗？”我走到他的桌前，心脏狂跳不已，对面的这个男人真是每天都在给我出智力测试，实在让人应付不过来。

“今天早上回来了，刚到。可不可以坐下来跟我一起吃个早饭？我很早就从罗马动身，现在非常饿。”

“雪儿，她在干吗？”我才发觉自己一直傻呆呆地站在餐桌前，赶忙不好意思地拖开椅子坐下来。

“不知道，我没有打扰她，估计她还在蒙头大睡。听说你们两个人——昨天晚上没少喝？”

“什么？你在监视我们？”我心里不爽。

“没有没有，是我拜托她留下来陪你的。”冷特的笑容一直在，“你不要总用你的大眼睛盯着我看，好像我是个怪物。另外，你今天很漂亮。”

“哦，谢谢。”男人的奉承无论真假果然都是受用的。

冷特收起笑容，目不转睛地看着我，说：“我昨天回去——”

“你——有什么事快说，这么神秘兮兮的会影响我的心情，接着会让我消化不良。”他这是又要干嘛，我实在搞不懂面前这个奇怪的人。

“我想请求你答应我一件事。”

我的心跳开始加快，跳动的频率却越发不规则，这简直让我快疯掉了，在心里大声朝着他喊：到底什么情况，快说啊！说你喜欢我，让我做你的女朋友？可以，我会答应的，快说啊！

“你在意大利的旅行还有多久？我——能不能陪你一起？”冷特也变得异常不自然，一动不动地，好像在等着我的回答。“我是个很不错的导游。”他大概是想让我们之间的空气显得轻松自在，顿了一下又补上这一句，依旧不错眼地看着我。

我的天啊！这真是太好了！为什么不行？我好想跟他说，“谢谢你这不抛弃之恩！”我刻意平定了一下激动的情绪，努力镇定地咧开嘴笑了，哽住喉咙说：“求之不得。”

冷特也笑了，他说：“快去拿吃食啊，别耽误时间，我们一会儿还要去阿尔玛菲呢。”

“你怎么知道——我今天要去阿尔玛菲海岸？”

“我神通广大。”

天哪，一定是昨天晚上粉红香槟的劲头还在，我看着眼前的冷特感觉头晕目眩。

“你把车子开来了？”

“是啊，要不我干吗回罗马？”

“可是，我买了明天去佛罗伦萨的火车票——你不会是想开车过去吧？”

“你啊——这些都不是你操心的事儿，我明天会跟你一起坐火车去佛罗伦萨，雪儿会把车子开回去的。放心坐好，别动。”

银色宝马轿车安静地停在酒店门外，没等我缓过神，冷特已经把我推上副驾驶的位置，为我系好安全带，正如我们初次见面一样，只是这一次车上只有我和他两个人。

从那不勒斯出发，大概过了三四十分钟，我们就开上了蜿蜒曲折的山路，山路很窄兜兜转转，外侧就是悬崖峭壁和蔚蓝的地中海。然而有冷特在身边开车，我的心里一点也不紧张，只管尽情欣赏拍照，梦中的仙境就在眼前，心里充满了期待。可偏偏就在这么美好的时候，我的微信又传来了急促的视频通话邀请的声音，我的天——老妈，还是老妈。

“妈，我正在去阿尔玛菲的路上，给你看看，美不美？”我佯装镇静把手机摄像头切换到外景，生怕被她看出端倪。

“你不要瞒着妈妈，文杰都告诉我了——她说你喜欢上了一个老男人？”那一边的老妈竟然大喊大叫着老男人。这，完全不在我的掌控之中。我尴尬极了，不敢看身边的冷特，赶紧关掉了视频。“妈啊！文杰啊！你们俩这是要丰姑娘的命啊？”我在心里暗暗地骂着永远多事的文杰和好事的老妈。

然而，倔强的视频邀请的声音很快就“叮咚叮咚”再次响了起来。

“接吧，要不你妈妈会不放心。”冷特的声音淡定中带着一丝得意。

“妈——干吗？你不要听文杰瞎说好么！”

“宝贝儿啊，你听妈妈说——你一个人在那么远的地方，爸爸妈妈都不能照顾你，有个老男人照顾其实不错的，不要听文杰那些歪理邪说，说什么老男人靠不住。妈妈觉得啊，只要是他能在意大利保护你的安全，就完全 OK。但是，前提是他不能够占你便宜，你这个傻孩子要记得保护自己。”那边的老妈好像异常兴奋。我简直不知所措，太丢人了吧——这个所谓的老男人可就在我身边呢！

“妈妈，我现在在车上，不方便跟您多说，我保证回去到了酒店就向您汇报，现在我会保护好自己，先不说了，拜拜拜拜！”我知道我的脸一定又红得不成样子，我不知道怎么跟冷特解释，赶忙端起相机对着窗外“咔咔咔”地按动快门。

“我哪儿有那么老？不过就是长得有点着急而已。”冷特一时间好像没有 GET 到重点，在一旁自言自语。

“对不起，我妈她就爱八卦。”我还是完全不敢看他，脖子使劲儿扭向一边。

冷特不说话，CD 音响里面刚好播放邓丽君《初恋的地方》，甜滋滋软绵绵的声音伴着眼前的海岸线悠然地流淌，他伸手把音量调大了一个档，也一起哼唱起来。

“我记得有一个地方
我永远永远不能忘
我和他在那里定下了情
共度过好时光
那是一个好地方
高山青青流水长
陪伴着我们俩
初恋的滋味那么甜
怎不叫人向往”

我忽然希望那个美丽的波西塔诺永远不要到，车子就这样一

面朝大海依山而建的美丽小城波西塔诺

直开下去就好了。

冷特一路开车，跟着 CD 里面的歌一支又一支自己哼唱得起劲儿。我也没有多说话，脑子里翻江倒海地闹腾着，表面故作忙碌举着相机不停地拍啊拍，波西塔诺还是在不知不觉间到了。冷特说下来走一走吧，这里非常棒。我点头，说好啊。

天空蓝得纯粹，棉花云朵飘在半山腰，悬崖边上各种彩色的小房屋伴着茂密的柠檬树、橄榄树、棕榈树层层叠叠一起延伸，直到伸手便够得着白云的地方。

“谢谢你能答应我。”冷特站在我的身边，眼睛看向远方若有所思地说。

“我才要谢谢你。”从来不觉得自己最笨，可就在这样的时候我简直语迟了。幸好这一句在我喉咙转了好久的话不用思考自动蹦了出来，顿时感觉十分舒畅。

一定是地中海充足的阳光可以赋予人不一样的能量，我鼓起勇气伸出手。冷特的手很大，手心微微沁着汗，刹那间把我的手紧紧握住，好像生怕我会改变主意从他的指缝间溜走。他低头看向我，我们两个人相视一笑。怎么会？这个人好傻啊，好不容易抓住的手，我才不要松开。

我和冷特就这么手牵着手，走在波西塔诺种满柠檬的“神仙路”中，上上下下漫无目的，看着身边各种各样艳丽无比的花朵在骄阳下肆无忌惮地绽放，海天之间我们两个人快乐的感觉一直向上，融进天空中最美的那一朵云彩里。

“饿了么？”

“有点。”被他这么一问，我才发现自己竟然把这么重要的事情抛到了九霄云外，已经过了十二点，肚子却完全没有抗议。

我们找了一家悬崖边的餐厅，小餐桌面对着一望无际的地中海，很远很远的地方海水的蓝色慢慢变浅融入了天空。

峭壁上的餐厅

我不敢相信这一切都是真的，一个月前甚至更早的时候，我只是奢望自己能在前往意大利的旅行中，造访那个被《国家地理人》评选为世界50大人生必游景点之一的阿尔玛菲海岸就足矣。可怎么也不会想到，今天的我真真切切地坐在骄阳下的海岸悬崖边，头顶的穹隆爬满了绿藤，身边竟然还多了一位浑身散发着古铜色光芒的男人，重点是这个男人喜欢我。我到底是不是在做梦啊？我忍不住伸手，照着冷特结实的胳膊上狠狠地掐了一下。

“你干什么？”冷特一惊，差一点从椅子上跳起来。

“我试试，自己是不是在做梦。”我抿着嘴朝着他笑，问：“疼吗？”

“那你应该掐自己啊？问问你自己有没有疼的感觉。”冷特一点都不吃亏，抬起手就在我的脸上捏了一把。“疼吗？有感觉没有？哈，你这个小妖。”占了便宜，他又开始笑，露着洁白的牙齿。他这个笑容对我来说绝对具有杀伤性。

意大利帕维亚大学研究显示，刚刚坠入爱河中的男女的大脑会发出指令，使人体分泌出一种化学物质，研究人员称这种物质为“爱情荷尔蒙”。这种化学物质令恋爱中的人相互吸引，其实是一种兴奋剂，让人感到极度兴奋、有精力、有信心和勇气，颜面发红、瞳孔放大。现在，这种“爱情荷尔蒙”的分泌，使我的大脑明显不再像以前那样能够迅速接收那些对食物的渴望指令。无比幸福的荷尔蒙激活了我浑身上下每一个细胞上的受体，滋养着大大小小的细胞，因此我的胃部并不感觉十分饥饿。

我听了冷特的建议，要了一份海鲜拼盘，配了一份意大利南部很有名的阿尔塔穆拉面包。海鲜拼盘表面上看起来是一道做法极为简单的料理：厨师只是用热水焯烫了这些海水里打捞上来的小可爱，尽可能地保持他们本来的滋味，淋上当地新鲜的初榨橄榄油，加上一些嫩绿的罗勒叶，载着贻贝、鱿鱼、海虾还有蛤蜊满满一大盘海鲜就直接端上桌，大块柠檬放在盘子一端，很霸气的样子。我单就把丰满的柠檬汁挤在上面，其味道就已经美不胜收，再就上一口外皮酥脆、内里白又松软的面包，这应该是一顿极为鲜美的午餐了。必须承认，冷特对于食物有着独到的认知。这顿餐我没有配酒，只是喝了冰镇柠檬气泡水，因为我希望自己一直保持在清醒的状态下，尽可能地记住这一切不真实如梦幻般的美好。

吃过美妙的午餐，我们的车继续从波西塔诺沿着萨雷诺湾风景绝佳的湾岸道路前往阿尔玛菲。冷特一边开车一边给我讲故事听：“荷马在他的巨作《奥德赛》里说，奥德赛行船归国途中，行经此地，远远听到诡异动听的歌声，知道是塞壬三女妖的故乡，就命令水手们以蜡封耳，把自己五花大绑在桅杆上，终于逃过一劫。而塞壬三女妖见奥德赛不为所动，自尽后化为波西塔诺外海的三座小岛。”他腾出右手搓着他长满胡楂儿的下巴扭头笑眯眯地看着我，说：“我可千万不能把自己绑上，谁会忍心看这个小妖化成大石头啊。”

“去去去，谁是小妖。好好看前面的路，开你的车，命要紧呢。”

他“哈哈哈”地笑得像个孩子。

我现在觉得跟冷特这样并排坐在一起开车真是有点危险，因为这位驾驶员总是在开车的时候扭过头来看着副驾驶位置上的我傻笑。我努力把头看向窗外悬崖边的风景，尽可能不去回应他，怕会分散他在如此蜿蜒崎岖的山路上的注意力，其实再美妙的景致在我现在看来只不过是锦上添花，真正令我感到享受的是跟冷特在一起的感觉。

大概不到一个小时的车程我们就到达了阿尔玛菲小镇。这里到处都可以看到硕大的柠檬，以及用柠檬制成的各种商品：柠檬利口酒、柠檬糖、柠檬装饰和马赛克磁装拼贴，甚至空气里都是灿烂清新的柠檬味道。这些身形巨大的柠檬看上去着实可爱诱人，我忍不住花了四欧元捧了一个走，我想把它带在身边，带回家，这样我就可以一直闻到阿尔玛菲海岸的味道，这是我心里恋爱的味道。

小广场上有一座巴洛克式的天主教座堂，我抬头看着教堂的立面彩绘着耶稣与十二门徒，想起四天前我还在奥尔维耶托大教堂听冷特给我讲圣体布的传说呢。心里很想问一问他，到底是不

阿尔玛菲的天主教堂

是从那个时候就开始喜欢上我的，但是我只是笑着看看他，并没有开口问。我才不要做一个蠢女孩去问这些笨问题，自己是怎么被他整得神魂颠倒的，不是也根本说不清嘛。

刚要挪动步子，才发现帆布鞋的带子松开来一条，正准备把手里装柠檬的纸袋递到冷特手里，他倒抢先蹲下身子。

我的天，长这么大还从来没有一个男人蹲在我面前给我系鞋带。他蹲下来的时候肩膀展开呈扇形，男性的荷尔蒙简直在喷发，我多么希望另一只脚上的鞋带也赶紧松开，好喜欢看他现在的样子。急中生智，我掏出纸袋里的大柠檬，放在他的头顶，说：“不要动哦，柠檬不能落地。”哈哈哈，我真是聪明死了。

“你这是动用私刑，大太阳底下折磨人啊？”冷特低着头大声抗议，可还是老老实实不敢乱动。

后悔自己为什么没有多留一两天给这个蓝色的海岸，真希望就留在被骄阳滋养的悬崖边，找一家民宿跟冷特好好看个夕阳，说不定我们可以点起篝火坐上一整宿，一直等到再看下一个日出。可惜这只能是我脑子里做的一个白日梦，我们不得不赶在天黑前一路向西返回那不勒斯。

其实白日梦似乎一直都在做。自从今天早上在酒店露台意外遇到了冷特，我就保持在梦与现实分辨不清的状态，特别是到了波西塔诺。大多数人都会在做阿尔玛菲旅游攻略的时候看过美国诺贝尔文学奖得主约翰·斯坦贝克说过的一句话：“波西塔诺让人印象深刻。它是一个梦乡。你在时，它不很真切；当你离开后，它变得栩栩如生。”如今，这句话完全可以高度概括我的亲身感受。

小小的庆幸在我的心里冒出来，这一次执着地来到那不勒斯是多么地正确啊！不可否认，那不勒斯的确是黑手党的老家，即便有最灿烂的阳光也温暖不了他们冰冷残酷的心。但是这里更居住着善良、热情、率真、美丽的人们，这里的每一个角落、每一张脸都有自己独特的故事，即便他们中有的人有时候会耍一下小聪明，想要从你身上多挣些生活费，但这并不影响他们散发出特有的那一种亲近感。我胡乱分析一下，他们的这种性格肯定与他们生活的这个地域有关，他们的每一寸肌肤每一天都可以接受那不勒斯慷慨的阳光滋养。问题的关键是，阿尔玛菲海岸的骄阳就赋予了我特殊的记忆，今天和冷特在悬崖边的感觉，真真切切地留在我的手掌心里，真希望我一直都是这个美轮美奂如梦一般故事中的女主角。

有一个人能把我从梦里叫醒，那就是我妈。不要以为蒙混拖延就可以过关，我的老母亲完全不顾国内和意大利的时差，一直如约挑灯夜战，等着我的汇报呢。

“你可回酒店了。”

“是啊，玩了一天累惨了，现在就想睡觉，明天还要去佛罗伦萨。”

“别啊，宝贝儿，我这溜溜等了一天，就等你给我说说呢！”

“说啥啊？我的妈耶。”

“你别跟我装糊涂，说说那个你新认识的老男人。”

“哎哟，都说是新认识的了，根本就没有什么可说的啊——再说吧，人家可能并不老，我瞎猜的而已。”

“什么？你连对方的年纪都不知道就喜欢上了人家，想跟着他？”老妈这会儿明显着急了。“一个女孩子出门在外，交往的对象必须要谨慎啊！你都不知道这个人到底多大，有没有家室？更不要说他有没有房子，有没有钱，父母在哪儿……”

“妈——你这是干吗啊？”有的时候我实在是忍受不来老妈的这种对话方式。

“妈妈这是为了你好——我是过来人，你还小，不要嫌妈妈烦，千万不要等你吃了亏才想起妈妈说的话。你记住我说的——意大利这几天有他陪着是好事，但是更要注意不要让人家占了你的便宜——女孩子就怕……”

“我的妈耶，你越说越没谱了，这才哪儿到哪儿啊？我们才不过拉拉手。”

“什么？都已经拉手了？什么时候的事儿？谁先拉的谁？快给妈说一说细节。”形势越来越不乐观。

我真是恨自己啊，那一天干嘛多嘴多舌地跟文杰说起冷特，现在又提什么拉手！的确，我其实在内心很希望跟最亲近的人分享跟冷特在一起的奇妙感觉，可又讨厌被人这样盘问。

“妈——没有你想的那么复杂，我现在好好的，我保证以后会小心照顾自己一直到回去。放心啊，求你饶了我吧——我只是喜欢上了一个人，并没有说马上就要嫁给他！你问的那些问题完全不在我的范围啊——我好困，都困得说胡话了。”我使劲儿打了几个哈欠，甚至拼命想挤出一滴眼泪，说，“就相信你的女儿吧，我没有那么傻，先让我睡好么——我最亲爱的母上大人，求您开恩——”

跟老妈说话简直耗费了我百分之九十的体力，放下电话，整个人陷在床上看头顶的吊扇慢慢转，身体完全动弹不得，只还留有一点力气去想一想老妈刚才说过的话。是啊，这会儿静下心来平心而论，她说得也没错，我对冷特几乎一无所知呢。他该不会在什么地方有家室，才不对周围的女人动心吧？不对，记得昨晚雪儿应该是说过他确实是一个单身男人。又或者他会有什么难言的疾病？也不应该，他看上去是那么地挺拔健康。我控制不住自己开始各种胡思乱想，想一切关于冷特的事情，全都是荷尔蒙水平过高搞的鬼。

“后面行程的火车票我都已经搞定了，只有威尼斯到米兰的座位不跟你的在一起，但是我到时候会想办法解决。晚安小妖，千万别过度兴奋，祝你做一个好梦！”微信又跳出来一条罗马冷特发来的信息，我的心跟着“咚咚咚”加速跳了一阵，这些人简直是在轮番刺激我的神经不让人睡觉了么。想着明天就能肩并肩地坐在火车上，开启一段属于我们两个人的行程，我的心里一下又装满了阿尔玛菲灿烂的阳光。

我打开 QQ 音乐找到帕瓦罗蒂的专辑，就让《今夜无人入眠》陪我入梦吧。

阿尔玛菲的海岸线

# 4

# 走吧，到托斯卡纳去

# 裴冷翠的夜，从屋顶的黄昏开始

**——如果真是老天爷给我安排的缘分，那我又怎么好意思辜负他老人家的一片苦心。如果没有经历一段浪漫的恋爱，到头来岂不是又要遗憾白活一场。感觉来了，就接受好了。**

“你看过那一首《裴冷翠的一夜》吧？”我和冷特坐在酒店屋顶酒吧最高的位置，不远的地方，金灿灿的夕阳映红圣母百花大教堂的穹隆顶，照亮钟楼和亚平宁山脉怀抱中每一栋民居的红砖屋顶，连天空中飘着的一朵一朵棉花云也跟着泛着紫韵，眼前的一切简直美得没有边界，难怪徐志摩当年在这里能写出那么经典的传世佳作。我生怕此情此景转瞬即逝，喝了一口杯中的基安蒂红酒，心中忍不住一阵慌乱。

“徐志摩写的诗？”冷特还穿了那件蓝灰色棉麻上衣，好像

**夕阳映红圣母百花大教堂的穹隆顶，照亮钟楼和亚平宁山脉怀抱中每一栋民居的红砖屋顶**

夕阳下远方山脉一样。

“嗯，对啊。你该不会没有看过吧？”

“我不看！我一个男人才不看那些酸文。”冷特伸手摸我的头，温柔地看着我说：“你啊，没事别瞎琢磨。”

“我没有瞎琢磨，不过这里太完美了，美得让人害怕。如果是闪电般的开始就难逃闪电般的结束，是吗？就像你和我，你不觉得我们两个开始得太快吗？你不会觉得我是一个对感情不负责的女孩——我，敢于正视自己的感情，总比，总比装冷淡好点吧。”我几乎不敢看他的眼，自说自话。

“没想到小妖也有忧郁的时候，这满脑袋都想的什么呢？”

冷特拉起我的手，用力捏了一下，说："你等着瞧吧——我倒要证明给你看看，这些都是在胡说八道。"我喜欢听他的声音，尤其喜欢他这样肯定的声音。

可是，一切发展都这么出乎意料地顺利，短短几天下来我的身边就拥有了一个时刻激发我体内荷尔蒙的他，让人目眩神迷无法自拔。这难道不该让我心里打颤吗，真如徐志摩说的只当是一个梦，一个幻想?

意大利火车晚点看来果真是常事儿。看着头顶电子大屏幕上显示的从那不勒斯开往佛罗伦萨的 9430 次列车从晚点一刻钟已经改为晚点半个小时，我急得额头直冒汗，可是冷特却习以为常。他跟我说："这没什么大不了，太正常了，走吧，我们去喝一杯咖啡。"好像所有的事情都是他在操纵，等我们喝了浓缩咖啡，又买了路上喝的一大桶汽泡水，我们的火车进站了。火车一直向北开回罗马，才又从几天前急得让我跳脚的罗马火车站继续开往佛罗伦萨。我心里感觉真是奇妙：一切都是从罗马开始的，我的旅行，我的爱情。现在重回起点，接下来将会有什么样的故事发生呢?

一位意大利老妇人在罗马火车站上车，个子很矮，胖胖的慈眉善目。冷特帮她把小皮箱放在头顶的行李架上，她在对面的位置落座，开始跟我们交谈。我哪里听得懂她说的话，只是看她跟冷特叽里呱啦地聊得起劲，弯着一道浓密的黑眉毛朝着我笑。

“她到底跟你说什么，她笑什么呢？”我需要冷特做翻译。

“她说，你的媳妇真好看。”

“不可能，你瞎编。”

“真的！她还说她会看面相，一看你就是能生能养的女人。”冷特狡黠地笑。

“我才不信——你满口胡说！”我的天，羞耻死了！我的脸通地一下又热又涨，故作镇定咧开嘴朝着老太太笑了笑，狠狠捏了捏冷特的大鼻子。

“我必须问你一个严肃的问题。”我扳过冷特的脸，盯着他的眼睛问，“你老老实实回答我，你到底有没有家室？你是不是已经有了小孩？在意大利，在欧洲其他的国家，还是在国内，也许在美国……”

“你疯了？你不要总是这么想，你应该对你自己有信心。还是那句话，我不是变态！请你尊重我，更要尊重你自己！”冷特打断我，他生气的样子让我看了怎么也不会生气。

“没有，我就是担心嘛。我对你一无所知。嗨，算了，当我没说啊！开玩笑呢。”一想到刚才的失态，我就感觉脸红，慌忙故作无所谓地弥补。

“陈光，请你给我点时间，我会让你慢慢了解我，好吗？”冷特的眼神近似祈求，逼得我底下了头。“但是，无论如何，请你一定相信我，相信我绝不会伤害你，我就是莫名其妙地想要保护你。”

对面的老太太又笑呵呵地对着冷特说了什么，让冷特似乎瞬间得到救星，转忧而喜跟她说谢谢，要知道意大利语里面简单的词汇我还是能听得懂的。谁知道这个老太太又跟他说了什么，我猜：老太太本人一定很高兴能坐在我们两个人的对面，至少让她一个人的旅程变得着实有趣了吧。

天空露出绚烂的紫色，夜晚带着深邃确实降临了，酒吧的灯光渐渐亮了起来闪着光晕。我们喝光了杯中的红酒，冷特问我：

“你确定不饿吗？”

真是不知道是怎么了，这两天我很难体会以往强烈的饥饿感。被冷特一问，我不确定地看看天边若隐若现的星星，犹豫了一下。

“走吧，我们去吃好吃的。”

我赖在椅子里不动，冷特拉起我的手，不容分说地站起来强行带我走。

不过十几分钟的路程，我们步行到了餐馆。也许是餐厅带入感让人很快进入了角色，我一下子就觉得肚子开始咕噜咕噜叫，这可真是幸福的感觉。

依旧是听冷特的建议，我们两个人点了龙虾蝴蝶面，烤时蔬，当然还有我吃过就心心念念的海鲜拼盘，意大利美食简单的原汁原味真是让人着迷。冷特找老板要了一瓶白葡萄酒，以弥补上一

餐厅的主灯光是暖暖的橙
色，桌布也是橙色的
RESTAURANT
LOBS
临街的玻璃窗挂着一串串暖黄色小彩
灯一闪一闪，像是小星星落入凡间，
坐在这里用餐简直一下子掉进温柔乡

次在阿尔玛菲无酒精午餐的遗憾。餐厅的主灯光是暖暖的橙色，桌布也是橙色的，店铺朝外的玻璃窗挂着的一串串暖黄色小彩灯一闪一闪的像是小星星落入凡间，坐在这里用餐简直一下子掉进温柔乡。

“佛罗伦萨是我喜欢的城市，我特别喜欢这样的仲夏夜，伴着头顶满天的星辰走在石头路上，大概是潜意识觉得通过脚下的路可以跟达·芬奇、但丁、伽利略、拉斐尔、米开朗基罗、多纳泰罗、乔托那些大师有交集，心里挺兴奋的。其实很多人都喜欢这个欧洲文艺复兴的发源地，包括大师本人，就好像年轻的但丁，他也喜欢在广场上仰天枯坐。”

“等下我们也去走一走。”冰凉的白葡萄酒滑入喉咙，我点点头，觉得冷特的这个提示真是棒极了。

“嗯。你知道吗，但丁有过一次刻骨铭心的爱情，他少年时随父参加友人聚会，遇上一位名叫贝阿特丽切的少女，对她一见钟情，再不能忘。为了表达对这个女孩纯真的爱恋他写了三十一首抒情诗，取名《新生》。”冷特眯起眼看着我，清了清嗓子说：“我遇到你以后，好像也有了这种新生的感觉。”

我们二人相视一笑，举起酒杯碰了一下。不知道是不是酒精的作用，我的心里小鹿乱撞，端着酒杯的手在不争气地颤抖。我慌忙低头吃饭，今晚的海鲜拼盘鲜美无比，连着深色硬壳子的贻贝柔软多汁，多亏有了这些舌尖上的美味诱惑，才暂时平复了一下我悸动的心。记得当代美国饮食文学界太祖 M.F.K. 费雪就曾经说过，人有三种基本的需要，那就是食物、安全感和爱，现在的我已然拥有了这三种基本的需要。其实每一样食物之所以变得特别，完全取决于食客在用餐时的整体环境和心情，对于我来说，跟冷特在一起吃的每一餐好像都是人间最美好的极品——那不勒斯的比萨是最好的，阿尔玛菲的海鲜是最好的，今晚，也是如此，所食之物，其美之味世界之最。当然，我知道还有属于我们俩的牛扒大餐在佛罗伦萨等候着我。

“我就喜欢看你大吃大喝的样子。”冷特笑眯眯地打趣道。

“我哪儿有大吃大喝，刚刚可是你非要拖着我来这里吃的。”

“是我是我，我就是贪吃鬼。你吃饱了没有？”

“盆干碗净的，当然饱了。”

“你等下——”冷特说罢，起身去找餐厅经理结账。

“你能不能跟经理说，把窗户上的这一串小灯借给我用一下？”我跟了上去，小声对着冷特说。

“什么意思？”冷特大概是被我突如其来的请求搞蒙了。

“先别问这么细，我有用——帮我问一下嘛！我看这串灯电源是电池的，可以拿下来不影响发光。”

冷特被逼无奈只得跟餐厅经理指手画脚地说了几句，这个可怜的中年意大利男人立刻流露出跟冷特一样的反应，带着一脸的问号奇怪地看我，但他最后还是友好地笑了笑，然后爬上橱窗摘下一条闪烁的彩灯递给冷特。我接过闪着温暖光芒的小串灯，高兴地跟他一个劲儿道谢，然后也顾不得等冷特，就自顾自地跑出餐厅。

“嘿！你这是又闹哪样？等一下我啊——”

“别急，马上你就会明白了。”

很快，我就在餐厅拐角处找到了一辆黄色小摩拜单车，我蹲下身，把手里亮闪闪的串灯一点一点顺着车身仔细缠绕，小单车立刻从头到尾披上了闪耀的小星星。

冷特哈哈大笑：“亏你想得出来啊！你这小妖的脑袋瓜！”

“来吧，请上车，我们去看星星。”

冷特蹬着披着星星的单车，在窄小的巷子里载着我自由自在地穿梭，我们回到了几个小时前走过的但丁故居，再一次经过帅哥大卫住的佛罗伦萨美术馆……夜晚的佛罗伦萨凉风习习，我坐在冷特身后，搂着他的腰，伸手摸摸车身上闪烁的星星又抬头看看头顶的灿烂星空，把脸紧紧贴在冷特那鲜活宽厚又温暖的背上。第一次跟冷特靠得这么近，他的体温、他的呼吸恍惚间让我仿佛看见大卫的雕像出现在眼前，那冰冷却栩栩如生的白色大理石躯体缓缓舒展开，放松结实又完美的四肢，有如神的孩子惬意地跳起舞来，我的心脏于是也跟着他的舞步疯狂地跳跃不已。

屋外的雷声消失了，落雨的声音却还是极为猛烈，我猜估计已经到了凌晨吧，虽然屋里还是一团漆黑。夜间突如其来的这场雷雨搅得我醒了好几次，根本没有睡好觉，本来就是在漫无边际的心事中朦朦胧胧睡着的。

在我的房间门前，冷特那一个突然的拥抱紧紧地，简直要把我整个人都吸进他的身体里，足足几分钟我都不知所措，根本不能喘息，大脑和心脏好像也相继停止了跳动。接着，他猛地低头，吻我，狠狠地吸吮，直到我们都快要窒息，冷特才把我从他的胸前放开，目不转睛地看着我，摸着我的头，喘着粗气轻声说：“晚安——我的小妖。回屋洗个热水澡，快点睡个好觉。明天，我开车带你去托斯卡纳晒太阳。”

唇间还留着冷特的温度，身体周围若隐若现着一团海盐混着汗水的味道，从冷特身体散发出来的这个味道还如此真实令人销魂，我才不想洗掉。我径直走到大床边仰面朝天倒了下去，整个身体都麻酥酥的没有一丁点力气，心里的一团火却烧得很旺。

如果文杰知道我现在的样子，一定又会骂我吧。可是她的那一套对付男人的理论，想来想去的确不适用于冷特啊。这几天她都见缝插针苦口婆心地教育我，告诉我和老男人之间的博弈是多么重要，要尽可能享受这其中的乐趣，一个女孩子千万不能先交出自己的心。然而，我想不明白怎么才能在冷特面前不交出我的心，我就是控制不住自己地捧着一颗咚咚咚跳动的心交给他。我想我可能是中了魔，冷特是一个有魔性的男人。我几乎找不到借口去不喜欢他，尽管我对他一无所知。不是有句话叫“缘分天注定”吗？如果真是老天爷给我安排的缘分，那我又怎么好意思辜负他老人家的一片苦心。如果没有经历一段浪漫的恋爱，到头来又岂不是会遗憾白活一场。感觉来了，就接受好了。

雨声变得有些稀疏了，我伸手摸到床头的手机，看看时间已经是凌晨五点半，祈祷这场大雨快点停下吧，否则我怎么才能看见托斯卡纳的艳阳啊。

“佛罗伦萨的天气怎么这么怪，晚上还满天的星辰，竟然突然下了这么大的雨。”我忍不住给冷特发了一条微信消息，附上一个沮丧的表情，不过我这就相当于自说自话，因为我猜他这个时候肯定还在梦里。

“没有关系，别担心，时间还早，你踏踏实实再睡上一觉，等睡醒了天就会晴的，相信我。”电话竟然嘟嘟闪了一下，罗马冷特的机智表情马上回复过来。

# 托斯卡纳的金色艳阳和红色葡萄酒

**——阳光无比充沛，任凭暖风吹打我的脸，吹乱我的头发，我看着不远处成群的白牛在牧场里散步，逍遥自在，一种前所未有舒服的感觉荡漾在我的身体里，扎进我的骨头缝。**

等到了八点钟早餐时间，外面的雨果然停了。

坐在沾满雨滴的餐厅大玻璃窗旁边，看着天空中的乌云慢慢在不远处的圣母百花大教堂上方挪动，太阳努力穿透厚厚的云层让光芒落在美丽的红色穹隆顶上，这大概就是佛罗伦萨的魅力所在，永远给你带来不一样的视觉冲击。

“怎么傻呆呆的不吃饭啊。”

“哦哦，简直太美了。”

“一会儿出了太阳更壮观，屋顶都会变成金色。”

“幸好雨停了，昨天半夜我听着屋外又是雷又是雨心情糟糕透了，差点睡不着。”

“所以你就三更半夜发骚扰信息。”冷特又眯起眼睛看着我坏笑，说：“差点误会那是在召唤我去找你。”

“我哪儿有！”我简直不好意思极了，拧起眉毛想要怒斥他。

“对不起，开玩笑的。说真的，快点吃，吃完给你一个小惊喜。”

“你又在耍什么花招？”

“一会儿你就知道了。”

冷特朝我挤了挤眼睛，这是一个让我的心脏乱蹦的表情。他就是这样，总是知道怎么能控制局面，知道怎么掌控我的心。

“我们等下就要去托斯卡纳了。昨天夜里下了雨，不过现在慢慢转晴了，应该能看见艳阳。”

“太好啦！宝贝儿！”

“冷特说等下会给我一个小惊喜，还不知道是什么。”

“哦，这个男人倒还挺用心的，老妈给他点一个赞。能有人这样照顾你的行程我也就放心多了。好好去艳阳下晒晒，尽情享受一下。”

临出发之前，我要给我妈发一个信息报平安，幸好老妈今天没有多过问昨天的细节。“多拍些照片发过来啊！到现在我也没见到一张冷特的照片……”但是必须承认，她依旧是全世界最八卦的美女老妈。

“我的天，这是——老爷车？” 我穿上一条花连衣裙，背上酒店客房的草编书包，走出酒店大门。冷特靠在一辆天蓝色小轿车边，雪白色的体恤衫干净利落地扎在浅蓝色牛仔裤里，手扶着车门朝着我笑。这辆看上去有点像是奔驰 Smart，又有点像宝马 Mini Cooper 的微型复古轿车胖墩墩的特别可爱，车顶被此时灿烂的太阳光照得闪闪发亮，跟冷特一样魅力十足。

“算你有眼光，这是菲亚特 500。” 冷特极为绅士地为我拉开车门，替我系好安全带，然后自己才坐到驾驶员位置上，虽然位置小得好像挤不下他高大的身体，他却难掩发自内心的得意样。他扭头看看一脸不明白的我，似乎更来了兴致，一边推动手动挡启动汽车，一边跟我讲起来这个小老爷车的故事：“菲亚特——F——I——A——T，是世界上第一个生产微型车的汽车生产厂家。诞生于 1899 年的意大利都灵汽车厂，创始人是乔瓦尼 · 阿涅利，这可是意大利首屈一指的汽车制造公司。菲亚特 500，通常我们称作小老鼠，是菲亚特在 1936—1955 年生产的车型，是历史最为悠久的微型车，它是微型车的奠基者，也成为后起之秀的超越对象和模仿对象。”

“我说呢，刚才第一眼看上去以为是 Smart，再看一看又觉得像 Mini Cooper，我心里还挺纳闷，没想到这个小包子老爷车这么有来头。”

“还有你不知道的，法拉利、玛莎拉蒂听说过吧？都是菲亚特公司旗下的品牌。”

“这么厉害啊？那你是从哪儿搞到的这辆车？”我也难掩心中兴奋，这辆小车简直太棒了。

“我会变戏法啊。知道你喜欢老爷车，那就变一辆给你玩玩呗。”

“又来了，你再不好好说话——”我伸手想去扭冷特的大鼻子，忽然想起来一个问题：“唉？你怎么知道我喜欢老爷车？”

“那天在奥尔维耶托你看见老爷车的表情你自己都不记得了，你啊——就差流口水了。呆瓜都能看得出来。”

原来冷特是个这么有心的男人，完全出乎我的意料。这实在

托斯卡纳金色艳阳照耀下的葡萄园

太让人满足了，我的心又忍不住开始乱想。

我们一路不紧不慢随心所欲地驾驶着老爷车，道路两旁蜿蜒连绵的丘陵山坡上泛着金光散落着红色的小砖房和打成卷的草，一眼望去看不到头够不着边际。冷特摇下车窗，一只胳膊搭在车门上，另一只手跟着CD中布鲁诺·马尔斯唱的《Just the Way You Are》在黑色的方向盘上打着节拍。这支歌和托斯卡纳的阳光是多么相配啊！阳光无比充沛，任凭暖风吹打我的脸，吹乱我的头发，我看着不远处成群的白牛在牧场里散步，逍遥自在，一种前所未有舒服的感觉荡漾在我的身体里，扎进我的骨头缝。

“佛罗伦萨以南这一带土壤极其肥沃又特别，你看——这些都是无比美艳的葡萄和橄榄，如此与众不同的阳光和土壤造就了世界闻名的经典基安蒂红酒，赋予了它不可思议的味道。”不知不觉间，冷特竟然把小老爷车开进了一个小酒庄。

这是一个小而古老的石头城堡，酒庄的老板依旧是个个子不高，戴着一副典型的意大利树脂黑框眼镜的中年男人，很远就看见他笑容可掬地站在门口迎接我们，据说他是这个家族酒庄第九代传人了。冷特停稳车，上前跟主人打招呼，好像很熟络的样子。

“原来你都安排好了？”

“是啊，有我在什么事情你都不用操心了，就等着吃肉长肉吧。”

一杯欢迎起泡酒下肚，已经让我的内心随着不断从杯底不停上升的一串一串小气泡变得更加舒缓愉悦。当然，今天只有我喝的份儿，冷特开车滴酒不能碰。紧接着，抹了厚厚的新鲜橄榄油的意式香蒜烤面包搭配帕尔马腌肉薄片和萨拉米拼盘前菜上桌，我的味蕾随即完全被调动了起来。

“真棒啊！”

“等下就要让你尝一尝经典基安蒂葡萄酒，非常好的葡萄酒。但是你可不要太贪杯，要是喝多了，下午可没有办法去看著名的锡耶纳小镇。”

“哦，谢啦！不过世界著名的葡萄酒喝多一点点也无妨。”我才不要被他唬住，对他的提醒嗤之以鼻，况且我是真的好想试一试当地的红酒呢。

“喂，好红酒永远喝不完，我们可以买回去慢慢喝。”

“好啦好啦，年纪大的人就是爱啰唆。你还是先给我普及一下这里的红酒知识吧。”

冷特在我这里好像永远是一个等着老师训斥的淘气小学生，这个时候刚好老板拿来了一瓶红酒让我品尝。倒入杯中的酒瞬间散发出红宝石的光芒，我按照老板的建议先把鼻子伸进酒杯使劲儿闻一闻，然后在尽量晃动酒杯，让深红色的浆液在酒杯中充分地跳舞与空气融合，才端起来送到嘴边抿了一小口。酒水带着浓郁的浆果气味混合着花香、蘑菇香气流入我的喉咙，还有其他我形容不出来的几层的余味留存在口中，总之是一种灿烂的味道，好喝极了。

“经典基安蒂葡萄酒要求使用最少 80% 的桑娇维塞酿造，还有多达 49 种红葡萄品种允许出现在剩下的 20% 中，当然有许多酿酒师都选择 100% 的桑娇维塞。桑娇维塞是意大利的本土品种，也是意大利葡萄酒种植面积最广的葡萄品种之一，具有三高的特点：高酸，高单宁，高酒体。这种葡萄酒果味浓郁，通常带有梅子和樱桃的风味。你看，经典基安蒂葡萄酒的瓶颈标签上会贴上黑公鸡标签，这是基安蒂地区生产者基金会的象征，而只有该基金会会员才可生产 D.O.C.G。”我闭上眼睛尽情地让舌尖回味每一个味蕾的感受，冷特尽职尽责的介绍把我唤醒，他今天的角色是司机兼导游，多好的酒也只有闻一闻的份儿，因此可以十分清晰地给我讲解。“必须在橡木桶里陈年 7 个月，同时要求最低酒精水平不能少于 12%。而被标签为 Riserva 的经典基安蒂葡萄酒要求就更高了，在酒厂陈年至少 27 个月，及至少有 12.5% 的酒精含量。另外，葡萄收成也要受到限制，每亩生产不能超过 3 吨葡萄，每公顷种植葡萄树数量不能超过 4500 棵，每颗葡萄树的产量不能超过 2 公斤，每次酿造葡萄酒之前要做葡萄测试。怎么样，听明白没有？这里的葡萄酒要求是非常严格的。”

我举着手中的酒杯，看向窗外，正午的阳光更加强烈。真是有意思，为什么这几天我每到一处，都很想留下来不走了，恨不得在这里生根发芽呢？恩，我现在又忍不住构想着留下来跟冷特一起种葡萄，看着成片的桑娇维塞葡萄在阳光下肥沃的土壤里慢慢地生长，连绵不绝看不到边际，那可真是一幅美妙的画。

当一份厚厚的散发着炭烤香气的牛扒呈现在我的眼前时，我的心才再一次被拉回了餐桌。“我的天，这就刚才在我身边悠然自得的那些白牛吗？”

“你想多了。”冷特拿起刀叉开始切牛扒，他把一块外焦里嫩，里面呈现着鲜艳的血红色的牛肉放入我的盘中，笑着说：“托斯卡纳散养在牧场的白牛被屠宰后要经过三周熟化才能进入市场销售呢。你刚才看见的那些牛现在应该还好好的，在享受托斯卡纳的艳阳。”

我其实是偏素食的胃口，对一般的红肉并不怎么感兴趣，尤其面对这样趋于原始带着血腥的牛肉，内心多少还有点抗拒。我看了看冷特，试着切了一小块放进嘴中，却立刻被瞬间爆裂的牛肉香气惊艳到了，任凭这牛肉在我的口腔伴随着葡萄酒溶化。也难怪，这样简单撒上盐和橄榄油炭烤的T骨牛扒是托斯卡纳当地人的骄傲，就像我手里的这杯紫红色的琼浆玉液一样让人痴迷欲罢不能。

“怎么样？”大概是我的表情引起了冷特的好奇。

我用力点了点头，说：“绝了。”

此情此景混合着如此的味道，深深地刻在我的大脑里面。

果真被冷特说中了，大概是刚才贪恋葡萄酒的缘故，午饭后的我感觉脸颊又涨又热，两只脚轻飘飘地上了我们的老爷车，才坐在冷特身边的副驾驶位置，就开始忍不住看着他傻笑。

“你呀——我刚才说什么来着，喝晕了吧？”

“不是酒精，是美好的味道让我眩晕——心满意足啊！”

“高兴就好，我慢一点开，你闭上眼睛休息。”

“真是太高兴了，谢谢你！”我本来是在笑的，可是不知道莫名其妙地看着他的侧脸，心里却升起来一股忧伤。“这种快乐大概还能持续多久呢？喝多一点也挺好的。”不对，我的鼻子酸酸的——这样的感觉不对，我可不是一个多愁善感的女孩。我赶忙戴上墨镜。

“睡吧，戴上墨镜舒舒服服地睡一小会儿。”冷特替我拉好安全带，他果然没有发觉我的异常。

冷特凑过来的时候，他身上的味道让我的内心得到了些许平复。是啊，我得好好休息一下，不能任凭不好的情绪蔓延，那样又怎么能对得起头顶的金色艳阳和刚刚吃过下去的美好食物呢？

“嘿，醒醒，你没事吧？”冷特的大手在轻轻地拍我的肩膀，他温柔的声音将我一下子从刚才的噩梦里解救出来。

“我刚才做梦了，梦见自己又回到罗马火车站……我怎么了？说梦话了吗？”

“还好，你就在那哭哭啼啼的。”

“我急坏了，找不到行李箱，也找不到你，就剩下我一个人在火车站台。”我还能清楚地回忆起刚才那个恐怖的梦境，现在想起来都让人汗毛倒立。

冷特伸过手拉住我，用力捏了一下，说：“你啊——看上去大大咧咧，没想到心思也会这么重。我会好好保护你的——我答应你。”

梦之后，我的酒好像醒了。听了冷特的话，我马上辩驳：“做个梦而已，你可别跟着就扣帽子，什么心思重啊？”

冷特哼了一声不再理会我，继续开他的车。

其实我知道他说的没错，这几天下来我的思虑的确有些重，有冷特在我会觉得非常踏实和安全，可是心里却总是怕这样的感觉转瞬即逝。正想着找个什么事由换个话题打破车中尴尬的沉默，幸好锡耶纳到了。

“好了，喝口水醒醒盹儿，我们该下车啦。”

我接过冷特递给我的汽泡水，才发现口中早已干涩自己竟然不知，“咕咚咕咚”一口气喝了半瓶，整个人都清爽了。“你竟然还有小冰箱？”

“你就踏实地跟着我吧！早就跟你说了，有我在绝不会让你饿着、渴着。”

“看把你能的。”

冷特一脸得意地笑笑，拉起我的手迎着太阳朝着城里走。

锡耶纳的英文“SIENA”在绘画语言里即为赭黄色，因此黄色也成了这座中世纪古城的主色调。下午时分，整座小城都沐浴在阳光里，我们一路走下来，身边这些矗立了上千年的黄色建筑物都显得金灿灿的，再伴着石头上的绿色常春藤和各色鲜花呈现出如画一般的美韵，真不愧是意大利最完美的中世纪城镇。

当我们走到古城的最高处，表面镶嵌黑白色大理石的锡耶纳大教堂就出现在眼前。冷特说："相对于意大利甚至欧洲其他的基督教国家，但凡能依稀辨认出中古城市原貌的，无不将大教堂置于城市的中心地位，在神权高于王权的中世纪，这差不多成了建筑学上的宪法。锡耶纳却是个例外，整座城市的中心，不是大教堂，却是代表世俗权力的公共宫殿，这似乎和它中世纪繁荣的银行业和纺织业有着密不可分的关系。"

"你好像对建筑尤其了解。"

"谈不上了解，我知道的也不过是一些大众知识。不过，糊弄你还绰绰有余。"

"你——好好讲！"我狠狠在他的胳膊上拧了一下，谁知道拧得我自己手指疼，这家伙的肉可真结实。

"哎呦！真下狠手啊！好好，我好好讲。嘿，我一直都好好讲的。"冷特嘿嘿傻笑，继续说："你看，整座教堂的色彩搭配大胆和谐，建筑线条流畅，从每一个角度看上去都完美如画。可惜的是，锡耶纳是个因为黑死病暴发而落寞的城市，因为1348年的瘟疫夺走了这里近1/3的人口，所以大教堂建了一半就终止了。否则的话，这样一座融合了雕塑、油画以及罗马与哥特式建筑风格的教堂也许会成为最大的基督教教堂。"

锡耶纳贝壳广场前的市政厅

锡耶纳城内随处可见的母狼雕塑

身体内的快乐因子被慢慢地激活了

他指了指正对着锡耶纳大教堂的建筑，那是没有建完的教堂部分，已经被改造为斯卡拉圣母玛利亚博物馆，那里也曾是欧洲历史最悠久规模最大的医院之一。

我们回到贝壳广场的时候已近黄昏，很多游客躺在广场边上悠闲地晒太阳。这里从十四世纪以来就成为锡耶纳的灵魂，从高处俯瞰，广场呈巨大的扇形，共由九个部分组成，分别代表锡耶纳政府的九个成员。广场边上的红色市政厅大楼是歌德式建筑的代表，也是建筑史上辉煌的范例。我和冷特也入乡随俗坐在市政厅对面，沐浴在托斯卡纳温暖的夕阳中，听着身边欢乐喷泉叮咚作响，身体内的快乐因子渐渐地都被激活了，午间突如其来的那一抹小忧伤和随之拜访的短暂噩梦早已被我抛到九霄云外。

“可惜不能赶上赛马节，真想不出这个贝壳广场怎么才能举办无鞍马赛，成千上万人聚集在黏土跑道前观看比赛，得是多么壮观啊？”

“赛马节的确是盛典，可是那其中的混乱你想象不到。代表锡耶纳不同地方的骑师们比赛中鞭打自己的马匹，也会互相鞭打，他们在比赛前还可以公开的相互收买。美国小说家汤普森曾经把这里的赛马节比作参观一个大型的露天疯人院。”冷特眯着眼睛打量我，笑着调侃说：“就凭你这样的小体格，根本是没办法承受烈日下几个小时狂热的推挤，所以你没有赶上并不是坏事。”

“说是这么说的，还是好遗憾啊！”我实在好奇这样一座安详美丽的露天疯人院到底有多少精彩的故事，任由自己天马行空地想。“对了，锡耶纳街道上随处可见的母狼和罗马的母狼是一个故事吗？”

“锡耶纳当地人相信一个传说，母狼救活的双胞胎兄弟是瑞摩斯和罗慕路斯，哥哥罗慕路斯杀了他的胞弟瑞摩斯，建立了罗马城，而瑞摩斯的儿子两兄弟也就是罗慕路斯的两个侄子逃离了罗马，来到锡耶纳建城，成为锡耶纳的创建者。”

“恩，不光是只有中国才会有‘煮豆燃豆萁，豆在釜中泣’，这是人的本性。”

“人性就是如此，兄弟之间的感情有的时候很微妙。再好的兄弟之间发生横刀夺爱，也不足为奇。”冷特脸上的表情一瞬间变得很奇怪，眉头似乎用力扭了扭，等我回过味儿，他已经又恢复了最初的那一副享受模样。我也就不再追问，毕竟此时对于一个陌生的拜访者来说，最重要的是欣赏金色的夕阳投撒在锡耶纳小城的光影，这是让人留下愉快记忆的图画。

# 比萨斜塔也比不上一顿好吃的牛排

——谁还没有一点藏在内心最角落地方，想要保护起来的秘密呢？

一整块漂亮的T骨牛排带着铁板的热度端上桌，我心中各种不愉悦引发的火气才真正平息了。也不是，与其说是平息怒气，不如更诚实地讲我是被眼前还在不停地由内向外滋滋冒着汁水、香气逼人的牛排诱惑了，大脑不得不立即临时调整频道。

嗯，从昨天到现在28个小时之内，我再一次拿起刀叉切牛排。桌子对面的冷特带着一脸将功补过的无辜看着我，隔着这样一块香艳的牛肉，我忽然忍不住咯咯咯地笑了起来，冷特也终于长舒一口气，咧开嘴露出白牙跟着我笑。

现在想一想，让我心情如此不悦的起因有点可笑，完全是拜那一座著名的发现自由落体定律的比萨斜塔所赐。

其实在我们前往比萨的路上，我还是充满了期待。兴致极高地听着冷特跟我介绍那些关于比萨斜塔、关于建筑的美。他说，英国作家约翰·罗斯金写的《建筑的七盏明灯》中有一章专门讨论如画之美，将此类建筑的特殊之美归于其偶然性。随着时间推移而变美的建筑，它的美是其创造者未曾料到的。对于罗斯金来说，这样的美感来自建筑物矗立数百年后才会浮现的，就像眼前这一座位于罗马比萨大教堂后面白色大理石建筑而成的独立圆形钟楼，当著名建筑师那诺·皮萨诺主持修建1173年它时，无论如何也不会想到它的意外倾斜最终成就了世界建筑史的奇迹。

这样一座被列入世界遗产名录的奇迹令比萨人骄傲，更让全世界的人不远万里专程前往膜拜，这里面也包括我。但是当我真来到斜塔的脚下时，看着眼前摆着各种高难度造型与斜塔合影的游客，我就知道我没有办法去欣赏这座斜塔的特殊之美了，斜塔的“灵魂”完全被游客们对着镜头配合斜塔张开的大嘴抑或是手掌、手指，被七七八八奇怪的肢体动作遮挡了。这真是让人哭笑不得的场景，更令人忍不住有点沮丧。

“嘿，冷老师！”正当我在炙热的太阳下看着斜塔和纷乱的游客发呆时，身边一个透着惊喜的声音传进耳朵。冷特——老师？这是个什么情况？

“好久不见啊！多长时间都没有您的消息了？”一个跟我年龄相仿的男孩在跟冷特握手，看上去挺激动的样子。“可见到您了！您——这几年都在意大利？还是——来旅游？”那个男孩冷不丁地看了一眼冷特身边的我，忽然变得有点口吃。

“我目前在意大利生活。”冷特似乎在控制他的语气，但是我可以感觉他不自然的呼吸。

“您现在——”

“我现在做导游。”没有等男孩说完，冷特就抢着打断了他的话，紧接着恢复了他的调侃表情，说：“你下一次过来找我做你导游，保证收费合理。”

“冷老师，您——能不能给我留一个您新的联系方式？有些问题还要请教您。”

“我回头发邮件给你，我有你的邮箱。” 说罢，冷特朝着男孩挤了挤眼睛，就此跟他匆匆告别。

“你干吗？”我感觉自己简直是一个被蒙在鼓里的呆瓜，心里极度不悦，索性走到斜塔对面的阴凉处，自顾自地在墙根坐下去。

“你怎么了？”冷特也只得坐在我的身边。

“你为什么跟他说话不自然？”我看看眼前这个男人，为什么永远都在我面前保持他的神秘。

“什么情况？哪里不自然？”

“明明就是！那个男孩叫你冷老师？你怎么又成了老师

了？”

“我学问大嘛。”

“你不要把别人都当成傻瓜，我看得出来你就是想掩饰。”我简直不想理他，可是又忍不住内心的好奇，继续发问：“他为什么说这几年没有你的消息？你之前在国内到底是怎样的呢？”冷特眼睛看向前方，半天都没有憋出一个字。尴尬的时间一点一点地溜走，我心里的火便更旺了，好像能感觉到火苗一直烧到了眼睛里。我腾地站起来，抛下他，径直离开。

“你先别这么着急，听我说！”冷特跟上来用力抓住我的胳膊。

“我干吗总听你说？问题是——我想听的，你根本就不跟我说对吧？”我有点词不达意，说完，把头扭向另外一边不看他。冷特试图把我的肩膀扳过来，可我偏偏还是跟他犟着劲儿。

“每个人——都有自己的过往，也许是光鲜亮丽的，也许是腐烂的。我不是不想跟你说，我只是，还不知道怎么组织这些——”

“好了，言简意赅，不过就是四个字——你有问题！”我猛地把头扭向他，瞪着他的脸看看他还有什么花样可以耍。

“我的陈光大小姐，你就容我一些时间吧！”冷特真的急了，他的额头在向外渗着汗珠，声音也瞬间提高八度。“我是有问题，也不是不想说这些问题，只是……我保证，一定会找个适合的机会把我从小到大的故事都给你讲一遍。到时候，希望你能认真听下去。”

冷特的目光沉甸甸地投过来，好像有重量压在我的脸上，让我一时之间语塞。这才发现周边的游客有的开始驻足看我们两个人，原来自己成了周遭游客眼里在斜塔前大喊大叫的人，我们的吵闹似乎比眼前的斜塔更能吸引人们的注意。

“太丢人了！”我赶紧低头。

“不要再闹了。”冷特也压低嗓音，拉起我的手快速撤离。

我心有不甘地跟着他，愤愤地说：“怎么是我闹啊？”

“好好好，是我是我是我。你真是我的活祖宗！求你饶了我，别再让我在大街上大喊大叫，别再给老外们多添上一条中国游客在旅游景点吵闹的谈资好吧。”

被他这么一说，我心里竟然觉得似乎是这么个道理，也只好气呼呼地低头跟着他。实际上我不只是在跟冷特生气，也在跟自己较劲。我想不明白他心里到底藏着多少秘密，有那么难以启齿吗？难道他曾经是一名罪犯？我恨自己，怎么就这样轻而易举、没出息地被这么一个不明身份的男人征服了，甚至被他迷得神魂颠倒。早就应该听一听文杰的劝告，不要轻易去相信一个陌生的老男人，他们到底有多狡猾怎么是我这样的女子能知晓的，我哪里是他们的对手呢？看来我这从天而降的美好如童话一般的爱情故事该在这个比萨的奇迹广场终结了，这个斜塔可真是“邪”！想想就让人气不打一处来。

大概是因为焦虑和激动情绪刺激了我的胃肠，老毛病犯了，突如其来的被放大的饥饿感让我的肚子开始“咕噜噜”叫唤不停。

在这样的时候，让冷特听见我的肚子在大声狂叫，真是一件令人感到极为尴尬的事。

冷特果然停下脚步“嘿嘿嘿”地笑了起来，他好像一下子得到了解脱，笑得像一个没心没肺的大男孩，看着我说：“饿了吧？我们一鼓作气回到佛罗伦萨去吃午饭。你不是喜欢吃昨天的牛排吗？我今天继续带你去一家非常棒的牛扒馆，吃牛排喝红酒，求小妖大人有大量，不要跟我这样的人一般见识，给一个机会啊？”

冷特说完，不等我同意，一猛子伸出右臂把我整个人搂进他的怀里，几乎是在挟持我快步向前。这突如其来的臂弯，让我措手不及的头昏脑涨，我一时间陷落在他那柔软的棉麻衬衣里，丧失了大脑的判断，没有了思想，只得听任自己的身体随着他向前。

经过了老城小街道上大大小小热闹的餐厅，顺着从佛罗伦萨

从佛罗伦萨流淌而至比萨的阿诺河

流淌而至的阿诺河，走过连接老城和新城的 Ponte di Mezzo 桥，大约二十多分钟的光景，我们就到达了比萨中央火车站。是的，今天我们来往佛罗伦萨和比萨之间的交通工具是火车，昨天的那一部老爷车还了。冷特所谓的变魔术也不过就是租车而已，他就是喜欢在我面前故弄玄虚。他说今天要带我体验佛罗伦萨旅游的另外一种方式——乘坐意大利的慢车。这的确是不一样的感受，想一想刚才的我可是一路兴致勃勃看着玻璃窗外的风景，带着各种期待和幻想从佛罗伦萨来到比萨的。现在回程的心情却差了十万八千里，我甚至心疼这一来一回每人花掉的 16.4 欧元的二等座位火车票钱。相比我之前在国内提前在网上订的意大利特价火车票，这样半个小时的车程要 8.6 欧元确实显得不便宜呢。倒也不是我舍不得几个钱，关键是花钱带来的是什么样的感觉，像现

比萨城的火车站站台

在这样，因为意外状况突发而不凑巧赶上的糟糕情绪，就大大影响了我对从小向往的比萨的印象，以至引发对于相关花费的质疑。但是心疼归心疼，我还是坚持一贯的原则，该我自己付款的一定不能让冷特掏钱，这是我们两个人都达成共识一起结伴旅行的原则，那就是在经济上一定各自独立分摊费用。当然，如果说明是请罪的牛排大餐那就另当别论了，我愿意给他一个机会，倒要看看他是不是能把握住。

下了火车，我才知道，原来冷特说的那个好吃的牛扒馆就在火车站旁边。据说这是一家佛罗伦萨当地非常火的餐厅，如果不提前预订完全没有可能找到位置，但是下午三点半就另当别论了，

餐厅的玻璃橱窗里面挂满了各色来自基亚纳峡谷的牛肉

我们顺利地被服务员引入一个不错的位置上落座。

餐厅的空气中弥漫着诱人的香气，我开始努力用对美食的期待来驱散心中的各种不悦，这一招迅速奏效，心情一点一点变轻松，这样想来，冷特根本就已经掌握了对付我的办法嘛。

餐厅的玻璃橱窗里面挂满了各色来自基亚纳峡谷的牛肉，看上去很是壮观、充满诱惑。如此一来，我由不得自己的大脑游离，漫无边际地东想西想。佛罗伦萨牛排的肉必须来自本地一种叫契安妮娜的白牛，它是世界上体形最大和最古老的牛。牛排必须采用牛腰部的肉，也就是我们熟知的 T 骨部位。我感觉自己悄悄离开餐桌走进后厨，穿梭在一群忙碌的大厨间，也迅速系上一条白色的围裙，站在炙烤炉前，用夹子偶尔翻动烤铁篦上一块又大又厚、红白相间新鲜无比的牛肉，牛肉身上“滋滋滋”不停向外冒着汁水，一滴又一滴，半透明的黄色汁水淌在下面通红的炭块上，不停发出清脆的“啪啪”声，火苗随之一蹿一蹿忽长忽落……

“怎么不吃，傻愣着看我干吗？看得人发毛。”冷特抿抿嘴，隔着牛排问我。

嘁！谁在看他，明明是在看牛肉。我朝他做了一个鬼脸，说：“你心虚什么？我在欣赏，这块炭烤牛排简直完美。”

“胡说！本人行得正，才没有啥可心虚的。”

就喜欢看冷特这一副被我稍稍折磨又不敢造次，有口难辩的囧样儿。我故意轻咳一声，问：“那你老实说——你来意大利是不是犯了什么事情在逃亡？至少，你是在逃避什么？”

佛罗伦萨的经典美味：碳烤牛排

“我——不是在逃避。”冷特怔了一下，他看着我，眼神里面带些许看不清的深幽，声音却很坚定，说：“确切地说，我是在寻找。”

这时候，我忽然有一种不想再跟他纠缠下去的感觉。想一想也是，谁还没有一点藏在内心最角落地方，想要保护起来的秘密呢？我自己还不是一样，关于我过往的那些糗事，也不想在佛罗伦萨耀眼的阳光下拿出来晒一晒，特别是在冷特的眼皮子底下。其实，就我和冷特来说，这一场旅行结束之后的结果会怎样，我完全不敢去多想一下，只有当下这样短暂的美好是真真切切的，哪里还有多余的时间去扯那些有的没的。

“我可真是饿死，必须要开动了。你自己慢慢瞎琢磨吧，等会儿肉凉了，你就会知道错过了好味道。”冷特很快就调整到他自己的频率，也不管我，自顾自放了一块肉入口，津津有味地嚼了起来。他顿了一下，笑呵呵地看着我问：“要不要试一试这三种酱汁：蘑菇汁、红酒汁还有黑胡椒汁，我个人最喜欢蘑菇汁。”

好吧，看看眼前这一块外焦里嫩烤制完美的T骨牛排，我还是赶紧全情投入地享受这一餐吧！如果不能保持愉快的心情用餐，岂不是对美食的一种亵渎。

始终相信每一种食物都有它们的灵性，当你抱着虔诚的心去享用，一定会收获超乎期待的回报。没错，我敢肯定当下的这一块牛排就是如此带有神奇魔性的美味，当外表酥脆内心粉嫩柔软的牛肉在我的口腔里面碰撞融化，受到撩拨的味蕾刺激立刻传送至大脑，神经系统开始大量分泌胺多酚，这是一种人在快乐的时候体内才会释放出来的荷尔蒙，此刻的我感觉无比欢欣和幸福。真要感谢意大利人祖祖辈辈留下了对于美食的执着，托斯卡纳的食物又一次以其无与伦比原汁原味将愉悦带到我的舌尖，替我洗去心中的忧愁与烦恼。

**比萨**

# 米开朗基罗广场，夕阳下的那个吻

**——趁着眼窝里面打转的泪还没有滴落下来，我赶忙抬头把唇迎了上去。我想，我的身体就要跟着远方那一抹美丽的夕阳融化褪去了吧。**

**——突然之间，眼前的墙壁竟然毫无征兆下向两边打开了，一股冷风混着蓝色烟雾的幻彩灯光迎面扑来，强烈的迪斯科慢摇音乐一声一声撞击着我的心脏，这一冷一热一下子让我浑身发烫的肌肤起满了鸡皮疙瘩。**

吃过牛排喝饱了红酒，我的脑袋感觉发晕，可整个人似乎又来了精神。时间尚早，冷特提议我们索性就慢慢地在城里闲逛，然后去阿诺河对面的小山丘上的米开朗基罗广场等着看日落。我当然是举双手双脚赞成的。

于是，我把我的手放入他的大手掌中间，抬头看着他，说：“走吧！我们就去看一看夕阳下的斐冷翠。”

冷特带着他那招牌式的微笑低下头，在我的唇上轻轻吻了一下，便拉着我走进充斥着游人的石板路小巷里。

我们经过圣母百花大教堂，太阳光照着橘红色的穹顶闪闪发光。不同肤色的游客聚集于此迫不及待地膜拜拍照，我紧紧跟着冷特穿过人群，生怕会把自己搞丢。

“我定了明天上午九点的参观门票，可是你可不可以也搞到一张同一个时间的门票？”前面就到了乌菲兹美术馆，看见门外排起了等候入场的长队，我突然想起来自己一个月前在网上订了这里的门票，全怪这些天来的各种意外状况频发，我差不多把这件事忘光了。我知道乌菲兹美术馆一票难得，可如果，冷特真能跟我一起参观这座世界顶级美术殿堂，那就完美了。

“九点吗？应该可以。”冷特总是在我面前如此毫无顾忌地答应下任何要求，而我偏就沉迷于他这样笃定的语气和声音，心里随即充满了无限的期待。

“谢谢你。”我用力拉了一下他的手，停在那里。

“干吗突然这么煽情？”冷特眯着他的眼看下来，嘴角微微扬起，说：“你这丫头，不要动不动就被别人感动。快走吧，晚了就占不到好位置看夕阳了。”

“我哪儿有！”被他这么一说，我才恍然回过神，男人面前坚决不能示弱。

“哈，我们的小妖就是厉害。走吧，阿诺河就在前面，穿过老桥，河对面走不远就到米开朗基罗广场了。”冷特说着一把将我揽入怀中。原来，夏天的裴冷翠也没有那么热，肌肤相亲蛮舒服。

老桥是佛罗伦萨历史最古老的一座桥，十二世纪末期已经从木桥翻修成了石桥，桥上的那些被称为“Bottega”的小房间在十五世纪还是菜贩肉商的店铺，他们习惯直接将垃圾扔入河中，所以当时老桥一带恶臭不断。直到十六世纪末期统治佛罗伦萨的美第奇家族才下令将制造恶臭的桥上的菜贩肉商赶走，将一座座小房间换作珠宝手工艺人的作坊，成为如今熟知的遍布金银首饰商铺的桥。这座桥也是佛罗伦萨唯一一座在第二次世界大战时没有被炸毁的桥，虽然它周围的区域都是战后重建的，但唯有老桥保留了它原来的样子。一边走一边听冷特在耳边念叨着老桥的故事，只不过我可没有心情流连于这些金光灿灿的黄金首饰，正如

**夕阳下，米开朗基罗广场视角的佛罗伦萨**

冷特所说，我们必须抓紧时间及早赶到米开朗基罗广场，占领一个极佳的位置，才能好好地欣赏夕阳中这座鲜花之城的美丽。

太阳一点一点躲到了山的后面，独留下万丈光芒映着无边的天际。人们挤在这个制高点，数不清的情侣们依偎在一起，看着变幻莫测的光影给远方的山脉和楼宇梳妆。我和冷特相拥着也挤在人群中，我把自己的身体藏在冷特两条结实的臂弯里面，眼前的整个佛罗伦萨城都被一层橙红色的晚霞轻轻包裹着，山脚下的阿诺河泛着紫色的波光。

“太美了！”我大概是被眼前的景致迷了眼乱了心，忽然有一种鼻子发酸的感觉。

冷特把我的身体扳过来面向他，然后轻轻地小心翼翼地捧起我的脸，低声问：“我能不能做你的男朋友？我能不能有机会在接下来的日子里保护你？”

**趁着眼窝里面打转的泪还没有滴落下来，我赶忙抬头把唇迎了上去。我想，我的身体就要跟着远方那一抹美丽的夕阳融化褪去了吧。**

天边的红霞伴着空气中吉他女孩那空灵的歌声，一点点暗下去，山对面开始星星点点地亮起了温暖的灯光。

我顺着晚风理了理头发，是时候下山了。“天哪！”这才发现书包的拉链竟然不知道什么时候被拉开了，我的脑袋开始嗡嗡作响。

“快看看里面的东西！”冷特也一下子意识到了问题的严重性，皱起眉头。

这回真是完蛋了，如果说上一次把手机落在酒店后又失而复得是我命好，那这次真就是厄运难逃了。无论我怎么努力翻找，书包里面那个装着护照的小花袋子已然不翼而飞，当然，我不会忘记里面还有一张五百欧元的大钞和一张银行信用卡。眼泪没想到是在这个时候落下来的，一对一对的往下掉根本没办法控制，各种各样的情绪一股脑冲向了头顶。

“先别哭，是钱包找不到了吗？”

“我装护照的袋子——护照——还有五百欧元——还有一张信用卡——护照不见了——”一时间，我突然变成了一个呆瓜，不知如何是好，除了哭只剩下语无伦次。

“别着急，别着急——你所有钱和信用卡放在一起了吗？都不见了？”

“还有一个在——我的小钱包装了另一张常用的信用卡和零钱单独放在书包另一个侧兜，还在。可是——护照——没有了护照——后面我可怎么办？”

“怪我，都怪我刚才大意了，明知道广场上面到处都是小偷，却忘了提醒你。”冷特把我揽在怀里带着试图安慰我，他顿了顿说：“别哭，我们先离开这，人太多，很多小偷混在里面，太不安全了。意大利遭遇小偷常见，这件事你先别急，让我来想想办法。”

“你，你，你！你能怎么想办法，难不成你认识小偷啊！都怪你刚才一个劲儿魅惑我，非要整个浪漫的景儿！要不是跟你……我能忘了看住书包吗？”听了他的话我好像一下子找到了发泄口，把所有的错一股脑扔到冷特的头上，扔到刚才还让我无比销魂的那个热吻上。“这会儿你就别再逞英雄了！”大概是情绪过度爆发，我的眼泪已经变成了开了闸的两道泄洪。

“我都说了，怨我怨我还不行吗！小姑奶奶，我知道你着急生气，你要是觉得骂我能解气就先骂一会儿。可骂我毕竟不是解决问题的办法不是吗？当务之急咱们得想办法找回护照，实在不行还可以去补护照。别哭了，行吗？”冷特也急出一脑门的汗，他一手拉着我大步流星地往山下走，另一只手在电话簿上翻找着。

“我们去报警吧？”我的脑子又开始了运转。

“意大利警察不会是你的雷锋叔叔，丢一本护照、丢一张卡在他们眼里就跟吃饭睡觉一样正常。”

“那找警察都不行，你倒是说说怎么办嘛！”我又气又急，头皮发麻一直跺脚。

“有了，跟我走吧！简直被你气糊涂了！”冷特忽然间把脚步停下来，拉着我扭身就往回跑。

“哎——咱们这是去哪儿啊？慢一点！”我被他这突如其来的转向给转晕了。

这会儿，冷特那两条大长腿显示出了绝对的优势，我只得一边抹着鼻涕眼泪，一边呼哧呼哧地跟着他的步子一路小跑，我们两个人谁也没有跟对方说什么，就这么闷头狂奔了大概有一刻钟的光景，直到冷特在一个小木门前停了下来，我的体恤衫都被汗水湿透了。完全没有给我反应的时间，冷特抬手按了木门边上一个非常不起眼的小红按钮，原来这还有个门铃。

不到一分钟，一个意大利男人探出半个身子，一对又粗又黑眉毛下面的两只眼睛直勾勾地盯着门外的我们。他的嗓音是典型的意大利式沙哑低音，冷特跟他叽里咕噜说了什么，我听不懂，但是我好像听见一个叫索菲亚的女人名字。于是，意大利男人就侧开身，摇晃了一下略显谢顶的脑袋，眼珠子骨碌碌地转动着示意我们进去。

屋子非常小闷热得要死，屋里没有其他人，谢顶男人示意我们俩在小屋子中间站住。屋顶一个小吊灯散发着半死不活的昏暗的光，这个破地方哪儿有什么可神秘的，明明就是一个简陋的比萨快餐店，玻璃厨柜里面还陈列了一些小块的比萨。我摸不着头脑地看看冷特，他一言不发地站在我身边并不看我。小屋里密不透风极其闷热，我简直憋不住正要发问，**突然之间，眼前的墙壁竟然毫无征兆下向两边打开了，一股冷风混着蓝色烟雾的幻彩灯光迎面扑来，强烈的迪斯科慢摇音乐一声一声撞击着我的心脏，这一冷一热一下子让我浑身发烫的肌肤起满了鸡皮疙瘩。**我觉得我有点发抖，幸好这时候冷特又拉起我一只手，我这才发现自己的手不知道什么时候变得冰凉冰凉的沁满汗水。

这里竟然是一个无比巨大奢华的慢摇酒吧，空气里弥漫着雪茄和酒精以及各种香水混合的味道。我们穿过一群衣着光鲜亮丽的女郎，穿过西装革履的男人们，一直走到大厅尽头亮得刺眼的吧台。对面酒水架足有十米高，上面摆满了各种我不认识的酒瓶。一位妙龄女郎被一袭紧身黑西服包裹着凹凸有致的丰满身体，手里夹着一香支烟从吧台里面转了出来，冷特走上前拥抱她并抚摸着她那一头如瀑布一般浓密的橘红色卷发，左右亲吻她的脸颊。射灯下的那女人真是美得闪闪发光，我看见她的胸口纹满了我看不懂的图腾，她伸出手指慢慢卷起冷特一缕头发说了些什么。我觉得呆立在一旁的自己就是一只名副其实的丑小鸭，眼睁睁地看着冷特跟红发魔女面对面伸手比画着不停地说。这里的音乐声音太大，我听不见他们说了些，当然，就算听见了我也听不懂，我只能像一个小木头人直溜溜地留在原地，一动都不敢动。

我的脑袋连着细长的脖子再连着整个身体一起沉沉地陷在酒店的大床里，胸腔里面的那颗心脏还不能彻底摆脱刚才慢摇吧的音乐节奏。天知道这一天是怎么了？什么奇奇怪怪的事情都能发生。我只知道自己真的是太累了，过度的疲惫使我困得睡不着觉，困得失去了记忆，我不记得自己是怎么跟着冷特逃离了那个乌烟瘴气的地洞，嗯，至少对我来说那是一个恐怖的必须逃离的地方。我甚至不记得我们后来是怎么回到了酒店，我好像什么都不记得了，除了夕阳下的那一吻。哦还有，我记得冷特刚才说，我的护照和信用卡明天应该可以拿回来。

“睡了吗？”微信上出现了罗马冷特的消息。

“睡了。”

“饿了么？”

“不饿。”

“我泡了方便面，要不要吃？”

“不要。”

“开门。”

果然，冷特捧着一碗方便面站在房门外，呼呼呼的香气直往我的鼻子里钻，扰得我心烦意乱。

“ROOM SERVICE——烫死了，快点让开。”还没等我张嘴，他已经一步冲进屋子，把方便面放在桌上，笑着说：“折腾一晚上，那顿牛排估计早就消耗掉了吧？快吃吧，别委屈了你的大胃口。”

也不知道怎么了，我的眼泪又噼里啪啦地掉下来。

“别别别，这又是怎么啦？饿哭了都！罪过罪过——”

“去你的！”我一下子又被他逗得笑出个鼻涕泡。别说，经过这一晚上的折腾，现在还真觉得肚子咕噜噜在抗议了。于是，接过冷特递过来的小叉子，大口吃起来。面的温度其实一点不烫，刚刚好进嘴，不得不承认冷特这个大戏精表演的技艺极为精湛。我狼吐虎咽地把一碗方便面吃了个精光，没想到才吃了几天的意餐，这久违的泡面在佛罗伦萨就变得这么好吃。

“你说，怎么什么倒霉事儿都让我摊上了？”面条下肚，我又有了思考的力气。

“你摊上什么倒霉事儿了啊？哪儿有什么大不了的，不就是丢了护照吗？明天我保证你拿到。你等会儿就洗个热水澡赶紧睡觉，明天咱们早上还要起床去看乌菲兹，你别晚了。”

“我不想去了，没心情。不，是心情糟透了。找到护照之前我什么也不想干了。”

“嘿，可是你今天让我买票的，我这好不容易买到了票，你敢说放我鸽子？你相信我——中午，就等到中午，一切都会解决。”冷特的声音永远这么浑厚，有一种自带的说服力。

“我是不是因为认识了你才倒霉的？”我的思路似乎完全打开了，拧着眼珠子瞅着对面的冷特那张古铜色的四方脸。

“你又开始胡言乱语了。我撤，真是惹不起你。面吃完了啊？空碗我替您扔了吧，你早睡觉。”冷特出门前回过身，看了看我，说：“也许你说的也没错。”

大概是胃部一时间夺取了太多的血液供应，冷特走了不久，甚至顾不上洗上一个热水澡，我就倒在床上深度昏迷一般睡着了，至于最后那个倒霉是什么原因引起的话题我更是没来得及仔细想。我做了一个梦，梦到一只大蜜蜂朝我飞过来，我正要躲开，一转眼看见蜜蜂身上扛着一本护照，我打开护照，竟然看见了自己的照片。我再看看那只蜜蜂，好像长着一张冷特一样的脸，心里一惊，刚要伸手捉住它，却被它扇动着一对蓝色的翅膀飞走了。

# 乌菲兹美术馆的故事

**——真希望时间可以倒转，倒回今天早上在电梯口看见冷特朝我微笑的那一刻。如果真的可以，一切便可以重来，而我，再也不会放冷特一个人离开。**

第二天吃早饭的时候，冷特站在餐厅外面等我。他今天穿了一件藏蓝色的衬衣和一条乳白色麻裤，脚下踩着一双跟上衣同样颜色的豆子鞋，当他看见我从电梯口出来的时候，便眯着眼睛朝着我微笑，整齐的白色牙齿和古铜发亮的皮肤形成鲜明的对比，真是不得不承认，他的这副样子对于我这样一个适婚女子来讲具有绝对的杀伤力。刚才起床以后满脑子还想着丢护照的问题心绪烦躁，在冷特面前一下子都忘光了，整个人忽然之间都精神了。

“洛伦佐·德·美第奇，这个名字对喜爱艺术的人来说应当都不陌生。即使想不起他是谁，至少也听说过大名鼎鼎的美第奇家族。没有美第奇家族，意大利文艺复兴肯定不是今天我们所看到的面貌。乌菲兹美术馆能成为举世闻名的欧洲最早的美术馆，跟美第奇家族是绝对不可分割的。”

佛罗伦萨是名副其实的欧洲文艺复兴的摇篮，而当我踏入乌菲兹美术馆的大门，我才知道自己真正进入了探索意大利文艺复兴的美妙旅程。

冷特的解说永远都是最好的，完胜任何语音导览，因为他知道我想要听什么。“美第奇家族从创始人老柯西莫到1737年家族的最后一代直系继承人安娜·玛丽亚·路易莎，他们把家产全部捐给佛罗伦萨，这三百五十一年的家族史也谱写了三个世纪佛罗伦萨的历史，他们的收藏如今大多数都在这座举世闻名的乌菲兹美术馆里展出。”

我在冷特的带领下，由楼梯先走上了美术馆的二楼。马上就要看到达·芬奇、米开朗基罗、拉斐尔、波提切利、提香、伦勃朗、鲁本斯、凡·代克……所有我知道和不知道的那些伟大艺术家的作品。无论是绘画作品还是雕刻作品，反正所有华美绝伦的作品都会通过冷特这个男人的视角最终达成我本人跟大师们神交，这件事想一想都让人的血流速度加快两倍。

可惜，我的艺术探寻之旅刚刚迈进大门就夭折了。才站到波提切利的《春》跟前，冷特就接到了一通电话，他在用意大利语跟对方交谈，我完全听不懂里面的内容，虽然他的声音很小，但是我可以看得出他的神情充满紧张和不自然。

“怎么了？出什么事儿了吗？”我的心里一沉。

“有点问题我必须马上离开去处理一下。” 冷特的脸上没有表情，我想努力寻找答案，还是看不出任何端倪。

“到底是什么事儿？是不是我的东西没找到？你还没跟我说说中午怎么拿到护照，是不是找昨天那个美女？她是谁？”可是不祥的感觉越发强烈，我揪住他的手，害怕他离开。

“你别瞎想，这个急事儿跟你没关系。” 他摆开我的手，张开双臂用力抱了我又放开，跟我说：“你自己慢慢看，我中午约了好吃的餐厅你一定喜欢，到时候我会跟你联系，吃饭的时候我跟你再说。”

“那——”我竟一时语塞，眼睁睁地看着他朝我挤了挤眼睛，然后扭身头也不回地离开了我。

“算了，他这个人就是这样，永远不要指望他做一件靠谱的事情。”就这样被无缘无故地扔在这个艺术殿堂，我忽然觉得一种似曾相识的孤独从天而降。想起这两日我几乎已经毫无防备地坠入了这个我一无所知的男人精心编制的情网，竟然有些懊恼和沮丧。“不行，不行，我必须要找回美丽的心情，否则怎么对得起那些大师？”我决定要尽可能把冷特的临时离场抛诸脑外，我要尽可能地不去想他。我试着站在这一幅巨作前面闭上眼睛深呼吸，然后我睁开眼转向《维纳斯的诞生》。

我一个展厅一个展厅地游走，在每一幅巨作前驻足。虽然没有了冷特的讲解，但是好在我也有提前做了大量的功课，大师们经典的作品我还是已经在心里打了一个草稿底子，现在我只需努力用意念控制着我自己的大脑专注其中。

然而，我发现我终究还是无法集中精神，哪怕我站在达·芬奇展厅，无论我站在《基督受礼》面前，还是站在《天使报喜》和《麦琪的礼拜》跟前，我都没办法让自己的脑子不飞出去。

为什么拉斐尔笔下的乌尔比诺公爵和夫人的眼神都那么哀怨？他们的目光摄入我的心里，让人头皮发麻。

当我看到卡拉瓦乔的《美杜莎》就真的再也没办法佯装什么事情都没有发生，我拿出手机，在微信上给他发了一条消息，“怎么样了？我看得差不多了。”

可是，我捧着手机足足等了有五分钟，却没有任何来自罗马冷特的回复。我的心开始慌了，“咚咚咚”地心率明显加快。我忽然感觉好热，索性走到走廊的窗户前吹一吹风，看一看窗外蓝天下的阿诺河和不远处热闹起来的老桥，心里还是忍不住惦记着没有音讯的冷特，到底发生了什么事情呢？我甚至开始在来来往往的人群中，寻找那个身穿藏蓝上衣和乳白色长裤的人影，可我找不到那个既熟悉又迷恋的高大健硕身影，我于是再也控制不住自己的胡思乱想。

“回来吧！傻瓜！只要你回来，无论你能不能带回来我的护照，我都会开心死了。顶多下面的行程我不要了，我们去大使馆补办护照好了嘛！昨天你不是还问我要不要做你女朋友吗？你不是还要保护我吗？快点回来吧，不管你以前发生过什么，不管你愿不愿意跟我分享你的曾经，只要你回来——我，我，我——我都答应你……”

时间真是难挨，我始终联系不上冷特，感觉自己要疯掉了。可惜我什么都不能做，除了就在这里呆呆地等待。真希望时间可以倒转，倒回今天早上在电梯口看见冷特朝我微笑的那一刻。如

乌菲兹美术馆走廊看过去的阿诺河和老桥

果真的可以，一切便可以重来，而我，再也不会放冷特一个人离开。可惜现在什么也挽回不了，我就是联系不上他了，整整过去两个小时了，现在已经接近中午十二点，我整个人快要窒息了。我想，如果再联系不上冷特，我就去警察局报警，管他警察办不办人事，我就要找人！

刹那间我想起了雪儿，这是我唯一一个能跟冷特联系在一起的人了。我立刻给她发了信息："我找不到冷特了。"这个时候，也顾不上丢不丢人。

"怎么了？什么情况？你先别着急。"雪儿秒回。

我索性用语音把昨天到今天，所有发生的奇奇怪怪的事情都给雪儿说了一遍，我简直受不了了，心里不祥的预感越发强烈。

"那个红衣女郎我知道，她爸爸就是佛罗伦萨黑手党，她喜欢冷特。"

"什么？"

"你放心，这一点你大可放心，冷特也把她收为哥们儿了，跟我一样。现在就是不知道出了什么状况，怎么就联系不上他人呢？别着急啊，你信我，冷特应该没问题，能应付得了。咱们再等一等，我也找人打听，有消息我立刻通知你！"

"十五分钟后，我在出口等你。"终于，罗马冷特的微信消息在手机上"嘟嘟嘟"闪了起来。

# 米其林餐厅的午餐和失而复得的护照

**——冷特举起手中的酒杯伸向我，我们的酒杯轻轻相碰发出清脆悦耳的声音。他眯起眼睛看着我，嘴角透着一丝按捺不住的得意，说：“我已经得到了一个肯定的回答。”然后，将杯中的超级托斯卡纳红酒一饮而尽。**

我不知道自己是不是以光电速度跑到了美术馆的出口，总之一向没有方向感和位置感的我今天却一反常态地能够准确定位，不消几分钟就从二楼的走廊奔到一楼出口，拨开人群窜了出去，一眼便看见站在对面向我招手的冷特。然后，我的两条腿突然间不听使唤地迈不开步子，我就原地站在那里，两只眼睛瞪着冷特，直到他大步流星地走过来。

“跟个木头墩子一样一动不动的，想什么呢？”

“你——你还好意思出现！”我一下子回过神，伸出两只手左右开弓在冷特的身上轮番轰炸。

“哎哟哟——这是怎么了你！又作妖啊！”冷特疼得一边叫唤一边跳着脚往后躲，然后伸出手使劲儿揉我的头。

忽然之间，我毫无准备地被冷特揽到怀里完全动换不得，只有把脸贴在他柔软的亚麻衬衣上，听着他胸腔里面“咚咚咚”地乱跳。任凭这样过了几秒钟，我大力推开他，朝着他大叫：“你去哪儿了？干吗不跟我联系？你知不知道我找不到你，快要急疯了？你知不知道我好不容易才买到的乌菲兹门票，都是让你给毁了，我根本没办法集中精力去看，谁知道我这辈子还有没有机会再来这里——”

“嘘嘘嘘——”冷特一边努力安抚着暴跳如雷疯子一样的我，一边向周围投来异样眼光的路人报以微笑。“我错了，我错了。您千万别生我的气，气大伤身，影响消化。都气饿了吧？走，我带你去吃好吃的，将功赎罪。”不容我再次抗议，他又一次利用他的身体优势，不由分说地用强有力的胳膊挟持一般裹着我向前快速移动。

这一次我完全没有抗争，整个人仿佛顷刻间被抽空了力气，这或许是因为刚才一度过于紧绷的神经突然之间得以释放的原因吧，我只能听任凭自己从他的安排。我们就这样一直走到老桥，来来往往的游客们已经充斥了眼前的石板路，以至于行动有些困难，他才终于松开了对我进行管制的右臂，只是用手轻轻握住我的肩。

“你这是要带我去哪儿？”我的元气慢慢开始恢复。

“河对面有一家非常不错的餐厅，我昨天就定了位子，等下我们去吃午餐，庆祝你的佛罗伦萨之旅圆满结束。”

他这样一说，我才意识到留给这个鲜花之城的时间大约只有今天这半天，明天就要离开这里去水城威尼斯。然而，这几天我过得总是有些真实的恍惚，恍惚到几乎没了时间的概念。

“你刚才走了，一直不跟我联系，我发微信给你都不回复，我真担心死了。”大概我真是饿了吧，说话完全没有力气。我顿了顿，等着冷特的一个解释，可是他却什么也没说，只是放在我肩膀的手用力捏了捏。“哎呀！你捏疼我了！”

我们俩原地不动地站住，面对面瞪着对方看了足足几分钟，好像是在玩小时候那个木头人不许动的游戏，直到我终于忍不住“咯咯咯”地乐起来，冷特才好像如释重负地呼出一口气。

米开朗基罗广场的山脚下，我们终于来到了预订的餐厅，据说这家开在阿诺河边的餐厅是佛罗伦萨屈指可数的米其林一星餐厅。服务生极为友好地把我们引到预留的位置，这是一个观看开放式厨房的最佳角度，面高大帅气的主厨站在厨房里略带腼腆地表情朝我们微笑。

“其实这里晚上的意境非常好，可惜我昨天才想起来预定，已经没有位置了。不过中午也不错，人少说话安静，还可以看清楚厨房的操作。”我总觉得冷特是个多面人，他时常显得无比成熟霸气，而现在这个憨憨的样子又像个小孩。

“嗯，我真的很喜欢这里的风格。我最喜欢看着厨师做饭，因为我自己就喜欢在厨房瞎鼓捣。”说真的，不知道冷特怎么会为我选中了这样一家餐馆，且不说眼前诱人的大厨房，就是身后质朴的红色砖墙和简约的灰色水泥装饰，都让人浑身上下不自觉地放松。对了，还有亚麻布艺沙发，和冷特今天的衣服都很搭，完全是那种会令人呼吸平和的调调。这个男人真奇怪，难道他已经钻到我的身体，成了我肚子里的蛔虫？

“嗯，给——你想要的。”冷特没有急着点餐，从口袋里拿出一本护照和一张信用卡放到我的面前。

“我的天哪！”这四个字是我看见失而复得的护照和银行卡的本能反应，我的脑袋蒙蒙的似乎有点不相信这是真的，完全想不出其他的词语应景。我看看桌子对面的冷特，问：“你上午就是干这个事儿去了吧？他们没有为难你吗？你有没有受伤？快，让我看看——”我把身体探过桌子，伸手去摸冷特的头。

“别傻了，你满脑子里面天天都想着什么呀？你以为放电影呢？跟黑社会火拼？你就是一个从头到脚都爱胡思乱想的小妖。”冷特一脸得意，轻描淡写地示意我快坐好。

“你还不承认？昨天带我去的那个地方那么神秘——明显就是黑窝。还有，那个女的，你搂着又亲又啃的红发魔女，她是谁？

黑手党对吧？”我尽量压低嗓子，好像旁边的人都能听得懂中文，我可不能让别人知道这个天大的秘密。

“行了妖儿，快快快——赶紧把护照和卡收好。”冷特看上去有点尴尬，他似乎不好意思地看着我说：“我还算基本完成任务了吧？说中午给你绝不能失言。你那500欧元是拿不回来了，抱歉。不过以后顶多都是我来请你吃饭好了，不会让我的妖儿饿着。来，你不是早就饿了，先看看要吃什么，等会儿你一边吃一边慢慢审问，行吗？”

“谁要做你的妖儿！”好吧，看着他的这一脸诚恳，我还能说什么，再说也抗不过自己空荡荡的胃口。

鹅肝泥伪装成的那一只可爱又小巧的西红柿放到面前，我喝下一口古典索瓦干白葡萄酒，当花香和果香混合着说不清的其他味道回荡在舌尖，我就已经把审问这个事儿抛到九霄云外了，美味当前哪里还有闲情逸致去干别的。冷特这个鬼东西，他当真是把我研究个透。

这里的每一份食物都毫无疑义地堪称艺术品，或者说更像一幅写意画，无不惊艳。在这里用餐，我必须启动我的所有感官，才能跟得上厨房厨师的节奏。

已经配合不同的菜式喝下去了三杯葡萄酒，我感觉浑身上下的细胞都渐渐活跃起来，好像亿万个小人儿在我的身体中狂欢。直到主厨亲自动手为我们做了海鲜意面端上桌，看上去简简单单一小团黄色的细面，配上绿色酱汁又恰到好处点地缀了些许白色鱿鱼粒，却已然将小人儿们的兴奋度推向了制高点。

酒足饭饱，小人儿们的狂欢褪去，我又想起了这十几个小时内接连发生的意外。“冷特，你老实说——我是不是给你添了很大的麻烦？”话一出口，才发现自己说话的语速慢了许多，奇怪的是怎么还感觉眼眶湿乎乎地蒙了一层雾，慌忙低下头拨弄手里的酒杯。

“你听好——”冷特从餐桌对面伸手过来握住我，将他手掌心有力的温度迅速导入我的手臂，流向我的身体。“你从来没有给我添加任何麻烦。”

“可是，我从一开始就找不到这个，丢那个……”我这个人啊！中午果真不能喝酒，解酒酶完全还没有分解，哪儿有不醉的道理。

“嘿，别，你别哭啊！好好的这是怎么了？”冷特似乎被我突如其来的状况弄得有些不知所措，轻轻拿开了自己的手，好像他做错了什么事情。

我趁人不备，赶快拿起餐巾擦了擦脸，尽量平复了一下自己的情绪，才抬起头看着他的脸，说：“谁哭了！是刚才不小心呛了一下。你说没有添麻烦，那正好，我就是跟你客气一下呗。对了，昨天在米开朗基罗广场，你不是问了我一个问题么，我当时还没有来得及回答。”

冷特眯起眼睛看着我，嘴角透着一丝按捺不住的得意，说：

“那个问题么，我已经得到了一个肯定的回答啊。”他举起手中的酒杯伸向我，两只水晶酒杯轻轻相碰发出清脆悦耳的声音飘向上空。我们俩人相视一笑，将杯中的超级托斯卡纳红酒一饮而尽。

将最后一口提拉米苏用小勺放进嘴里，黑巧克力的苦、咖啡酒的香和着马斯卡彭芝士的独有味道从舌尖滑入喉咙，我心满意足地轻轻呼了一口气。

“你吃东西的样子就是满满的正能量。”

“我知道，你不是一直说我是大胃王么。这么好的餐厅，我

主厨和他的海鲜意面

不认真吃怎么对得起你的盛情？其实啊，我倒更希望现在吃上一块我自己做的小蛋糕，那就更完美了。”看来，甜品和咖啡已然冲淡了刚刚摄入体内的酒精，我的血液又恢复了正常的可思考浓度。我故作神秘地看着冷特，说：“你还不知道吧，我可是烘焙高手呢。”

“是吗？”冷特听罢果然两眼立刻放光，然后把身子探向我，压低声音说：“我做的意面也是一绝，至少不会输给这位大厨。”我们俩人不约而同地看向站在窗口的大厨，大概还都不自觉地带着奇怪的眼神，搞得那位帅气的主厨丈二和尚——摸不着头脑地报以尴尬的笑。在厨房这点事儿上，我和冷特两个人真是意外的取得了一致。

“不管怎么说，冷特又帮了我这么大一个忙，我都得好好感谢人家不是吗？”

“妈妈没有说不让你感谢，我的意思是，你们俩——孤男寡女的住在一个酒店——千万别——”

“妈——你想什么呢！我们又没住一屋！”真不知道能不能和我这位神探老妈愉快地聊天了，她为什么就不能正常想一想事情呢？本来是愉快地分享今天的豪华大餐来着，怎么就又把话题拉偏了的。简直是有点莫名其妙，每天这个例行汇报工作简直让我头疼，也只能应付着：“好了妈，你放心，你闺女我是有分寸的。我得赶紧收拾收拾箱子了，明天还要赶火车去威尼斯。”

“自己当心！”

“知道了，妈。拜。”爱心表情唰地发出去，任务完成，我总算是长舒一口气，浑身瘫软无力地躺在床上一动不动，瞪大眼睛看着天花板。我努力地想把整件事情的前前后后串起来想明白，可惜这两天之内发生的事情太突然，根本就是超出了我可以思考的智力范围。不知道外面的天怎么就黑下来，手掌心似乎还留着刚才走在阿诺河畔那一抹金色夕阳的温度。“是呀，该跟裴冷翠说再见了。那么，等待着我和冷特的那一个再见，又会在什么地方、什么时候出现呢？”脑子里这个可怕的念头一闪而过，我浑身打了一个激灵，从床上翻身坐了起来。

这时候，门外竟然响起了冷特敲门的声音。“妖儿，我们去外面走一走吧。”

# 5

# ONE NIGHT IN 威尼斯

# 刚朵拉的情歌

**——水城和他的刚朵拉是如此的美妙，天空中的太阳有了无处不在的音乐相伴，燃烧出高贵的蓝光洒向大地。蓝色的阳光下，我跟着刚朵拉在水中摇荡得神魂颠倒。**

“还记得我们两个人在卡布里坐小船进蓝洞里吗？”

“当然，7天以前的现在。”

太阳照在水面上，泛着粼粼的光，船夫唱着似曾相识的歌站在船尾用力摇桨，推着我们的刚朵拉在威尼斯忽宽忽窄的水面上留一下一道漂亮的尾巴。我把身体倚在冷特的胸前，就好像第一次划着小船进蓝洞时彼此的心脏紧挨在一起。冷特在我的脸颊上轻轻吻了一下，就和他昨晚那一吻一样，在裴冷翠橘黄色的街灯下。

我真是有点搞不清事情是怎么发展到了后来，在房门口我被冷特一下子抱起来的那一刻，他结实而滚烫的身体紧挨着我，我便彻头彻尾地被他身上散发的那一股子带着海盐味道的荷尔蒙击败。当他发亮的眼神无比炙热地流连在我的脸上时，我立刻触电了一样，一股麻酥酥的电流冲向头顶，感觉自己的脸颊要涨爆浆了。然后，我老母亲才担心叮嘱我的事情就真的发生了。自然而然，从头到尾整个过程毫无违和感，恰恰相反，一切都是那么完美。直到今天早上，我听见鸟儿在屋外叫，才从酣梦中醒过来，睁开眼睛看见冷特正用手肘托着头，侧身露着一排整齐洁白的牙齿朝着我笑。那感觉简直太美好了，美好到让人感觉从未发生过什么，一种不真实的心慌意乱推着我把头埋进他的怀抱。

“又在想什么？”

“我想，要是有一个潘多拉的盒子就好了。我把它打开，然后赶紧盖上，永远留在我身边。如果可以，我把你也装进去。”

“说你是小妖儿，你还不承认。”

“我无非就是想把希望和回忆都藏起来，万一抓不住跑了，多可惜。”我回过身，抬头盯着他的脸，问：“总觉得不真实，你会不会在下一瞬间就突然消失——”

没等我说完，冷特柔软又厚实的唇便不由分说地落了下来。船夫的歌声变得更加嘹亮，大概他经常会遇到像我们一样的恋人吧。我可是第一次伴着意大利的民谣接吻，这感觉超级棒。

水城和他的刚朵拉是如此的美妙，天空中的太阳有了无处不在的音乐相伴，燃烧出高贵的蓝光洒向大地。蓝色的阳光下，我跟着刚朵拉在水中摇荡得神魂颠倒。我们的小船经过之处，总会听到街头艺人奏响手风琴，弹起市吉他，我像只猫一样懒懒地窝在冷特两只胳膊里，眯着眼睛看水道两旁繁忙的街道，看无数的游客在教堂广场前来来往往，看被海水侵蚀斑驳的老房，看老房小窗前那些娇艳的花儿。

刚朵拉的码头下来没有走多远，很快就到了圣马可广场，广场南、北、西三面被公爵府、新旧官邸大楼这样一些建筑环绕显得和谐优美，建筑物上的石雕生动逼真，堪称文艺复兴时期的建筑典范。古老的花神咖啡馆门前挤满了悠闲的游客们，

古老的花神咖啡馆前的乐队和座无虚席的露天座位

古老的花神咖啡馆前
乐队在演奏小步舞曲

当冷特给我如数家珍一般介绍着广场上的建筑及其设计师的时候，我幸运地找了一张小桌坐下，刚好可以欣赏广场东面耸立着的圣马可钟楼。

乐队在演奏莫扎特的小步舞曲，镶嵌着金色花纹的白色骨瓷咖啡杯在浆洗整齐的雪白桌布映衬下，闪烁着优雅的光泽。广场空中的鸽子伴着音乐在头顶一圈又一圈任性潇洒地盘旋飞舞，我真担心它们一时兴起给我的咖啡杯子里面加上点额外的佐料。不知道是不是因为被鸽子扰了，我开始感觉有些心神不定，却又说不上来是哪里不对了劲儿。

“怎么了你？”

“没事，就是也不知为什么突然心里慌慌的。”我低下头，心不在焉地抚弄手里那一袋印着蓝色 LOGO 的砂糖袋。

冷特放下手里的咖啡，拉起我的手，一边笑一边说：“你这又是饿了的节奏。”

“不是——我说你这个老家伙！你能不能正经点？”

“我怎么不正经了？”这话说出口，他带着一脸的无辜，向后捋了捋他的头发。

“到了现在，你知道吗？我明天就要去米兰，然后没有几天我就要回国了。可是，我都对你一无所知。”这话说得我自己都没有底气，我抬头看着冷特的两只眼睛，我想从中找到一点答案。“冷特，我的叔，我的哥，这一路上你对我的照顾，你对我的好，我看得见。我也相信自己的直觉，我信你是个好人。可是，你能不能跟我——好——歹——交个底？简单一点就行。我的这个要求不过分吧？你也知道我妈——她每天都问我关于我们的情况。再说，我们昨天——到现在，我自己也过不去心里的疑问，我要一个安全感，你明白吗？”

“我完全没有隐瞒你的意思，只是有些事情太复杂，完全找不到头绪，我不知道从何说起——可是，话说回来，你这小妖儿！干嘛突然跟我叫叔叔！喏，这是我的护照，你看吧。”冷特被我突如其来的提问似乎搞得有些措手不及，情急之中从挎包里掏出了他的护照交到我的手中。

“妈耶！”

“又怎么了？”

“你竟然——是1985年出生的？”我瞪大眼睛从下到上，又从上到下，来回打量面前这位头顶一头茂密的灰黑头发的帅哥，使劲儿忍着没有笑出声，心里暗暗庆幸着。“你，你，你，今年才33岁？”

“干吗干吗？”冷特迅速从我的手中抢回护照放好，气哼哼地说：“早就说了，哥哥我根本就不老。”

“那你怎么头发都白了这么多？哈哈哈……”我实在还是没忍住。

“用脑过度。”

“你——当导游也会用脑过度？是不是客人里美女太多过于伤神啦？”眼瞅着对面的黑脸帅哥立起眼睛真要急，我赶忙收敛问：“你在这里当导游有多久了？”

“三年。”

“那你之前是做什么的？我还记得咱们在比萨斜塔碰到的那个大男孩，他为什么跟你叫老师，难道你以前是当老师的？”

“我以前在国内工作——”冷特并不看我，他把脸侧向钟楼旁的圣彼得教堂，这样的一个角度显得他的面部轮廓棱角分明。“后面有的是机会，我跟你再慢慢细说好不好？”

我还没有来得及想好答案，咖啡店门前的小乐队奏响了欢快的《G 小调第 40 号交响曲》，广场上人们情绪也随即调动起来，瞬间进入了一个激动人心的瞬间，我和冷特的谈话也就此告一段落。

虽然心有不甘，但是我还是克制住了自己的小情绪，转而才意识到自己刚才像一个怨妇一样对身边的男人穷追猛打，丝毫不见了平日里的洒脱，这不是最让自己讨厌的形象吗。真要感谢莫扎特写出了这么了不起的曲子，让我重新做回一个聪明的女孩子。可不是，就好好地坐在冷特身边，享受此刻的美味咖啡和空前绝后的景致，反正明天还不用离开意大利，何必非要庸人自扰。然而，我的心无论如何还是耐不住大脑去胡思乱想，我不知道自己能不能做到接受身边这个男人所有的过往，哪怕他曾经犯过不可饶恕的错误。对，他每每提及过去都欲言又止，是不是真的犯过不可饶恕的错误呢？不知道为什么，一个可怕的声音在我的脑子里不停跳跃，如同此刻空气中跳跃的一串又一串音符。我能感觉自己身体内的血液加快速度一股脑向着头顶涌，或者，是这花神咖啡让我醉了。

# 月色下的墨鱼汁意面

**——我瞥了一眼下午坐过的那个位置，一对身着白色情侣T恤的老夫妻手拉手坐在小圆桌前，他们的脸上写满了心满意足。这到底是一个美好的预示，还是一个天大的讽刺？我想不明白。**

也许真如冷特所言，我刚才这些貌似焦虑的情绪都是饿出来的反应，当一大盘透着乌黑光泽的墨鱼面端到我的面前，脑子里面那些所谓的坏音符便迅速停止了跳跃。

头顶的蓝天被夕阳掏了一个洞，火红的晚霞投影在海面上，在晚风中微微荡着金闪闪的光芒。冷特照旧要了一瓶索瓦白葡萄酒，我举起酒杯放到唇边，一股带着柠檬、杏仁香气又混合着橡木桶和奶油香的索瓦从喉咙流入我的身体融入血液。我用叉子卷起盘子里的黑面条试着放进嘴里，被新鲜墨鱼汁浸过的黑色宽面条柔韧爽滑，这名不虚传鲜美无比味道让我一口接一口地完全停不下来。大概我吃面条的样子看上去有点滑稽，身边的冷特至他面前香气四溢的蛤蜊意面和美酒不顾，不吃不喝地单忙着一边笑一边给我拍照。我才懒得管他，既然到了威尼斯，如果不投入地吃到嘴巴牙齿乌黑，又如何记得住眼前这片蓝色

夕阳下的威尼斯

的海呢。不过，当我看见自己的照片还是忍不住笑喷了，真是一个黑嘴獠牙的妖怪。

面条吃了个精光，月亮已经悄声爬了上来，路边的街灯不知道什么时候也点亮了。餐厅的背景音乐也跟着慢了下来，女歌手的声音充满了磁性的诱惑跟着月色下的海一样。

“真好听，可惜怎么也想不起来名字。”

“Danger in loving you。”

“对哦！ It's all in the danger in loving you ...”

“有个小东西送给你。”冷特神秘地从挎包里面掏出一个礼品袋递给我。

我打开袋子，原来是一个小巧的蓝色玻璃首饰盒，盒顶和四周都镶了金箔，我把它放在手心里，没有想到巴掌大的小盒子却显得极为厚重，在月光的映射下闪闪发亮，可爱极了。这家伙，他到底是什么时候偷偷买来的。

“威尼斯的玻璃制品很棒。你不是想要一个潘多拉盒子吗？喏，这个就是了。”

“可真有你的！这也能想得出来！谢谢！太喜欢了！今晚真开心，吃了好吃的墨鱼面，还有礼物收。”我在冷特的脸上狠狠地亲了一下。

“那咱们再喝点庆祝一下？你还行吗？确定还能再喝吗？”

“怎么说话呢？我当然没问题了。”

兴致索然，我们俩人像孩子一样手舞足蹈地一拍即合，决定再来一瓶起泡酒。服务生很快收拾了我们的餐桌，又换了两只冰镇过的水晶笛形杯，随后端上来一大瓶放在冰桶里的阿斯蒂起泡酒，微笑地示意我们慢慢喝。

我喜欢听酒杯相碰发出的清脆响声，尤其看着杯子里面一串长长的气泡随着酒杯碰撞迅速上升，喝酒的快感也更是跟着狂增，心跳也突突突加快了起来。

“好喝！”

“阿斯蒂起泡酒的风味不同于索瓦，它花香四溢，带有桃子风味，酸度较高，足以支撑起酒中的甜味。所以，饭前用来开胃，饭后用它消食，喝起来都很舒服。”

“是啊，意大利人真是有福气。你也是。”

“我？”

“不是吗，过几天我就要回国了，你依旧可以留在这里吃美食喝美酒不是吗？”也不知道忽然之间我又是哪根筋搭错了位置，本来好好的气氛一下子沉了下去。

两个人一下子变得安静了，只是对着月色下那一片深邃的海水闷头喝酒。不远处，几只刚朵拉拴在木桩上随着潮水摇来荡去，一晃一晃不知怎地把我的心摇晃出一团无名火。

“可是，你倒是说说，我们以后——你打算怎么办？你有没有想过我们的将来？还是你本来就打算跟我玩一夜情的？我们都是成年人，坦白说开了，我也无所谓。”

冷特的沉默不语让我更加心烦意乱，一口喝干了杯中的酒，又迅速拿起冰桶里的酒瓶，倒满酒杯，杯中那一串小气泡却不知趣地依旧舞蹈着向上跳。

“你慢一点喝，这酒有后劲儿。”

我知道，在我的心底期待冷特给我一个答案，一个这些天我自己一直逃避，可是越来越急于想要的答案。好吧，既然我不能从冷特这里得到答案，那么也许这些酒精气泡可以给我吧。我不去理会他，继续自斟自饮，任由眼前酒杯中的气泡一次次消失又出现，出现又再消失。

“你不能喝了。”冷特拦下我的手，他皱着眉头好像努力在克制自己。

“要你管？”

“我说了，我要做你的男朋友，要在接下来的日子里保护你，我当然要管！”

“嘿，那行！你倒是给我说说，等我离开了米兰，离开意大利，你怎么做我的男朋友？又怎么保护我？玩网恋啊？你看，你不说话，不说话代表什么？逃避！”

“我没有不说话，更不是在逃避。”

“那，跟我回国吧！我们俩现在好好商量这件事，你知道我喜欢你，我已经习惯了有你在我身边，求你——跟我回去吧！行吗？”我抓住冷特两只手，努力心平气和地跟他商量：“国内现在的旅游业特别发达，你这么有才华又有经验，回去以后肯定不耽误你当导游挣钱。退一万步，就算你回国一时半会儿找不到合适的工作，不是还有我吗？我在外企的工作不错，我可以挣钱啊！然后，然后你自己开一家旅行社，你当老板当导游，随你啊！”

“妖儿——妖儿——你听我说，问题不像你想的那么简单，我还没有想好解决的办法。你先别着急，让我好好想一想——”我能感受得到冷特在刻意躲避着我的眼睛。

“好啊！那你留下慢慢想吧。我在威尼斯就只有这一晚，我可没工夫陪你耗下去。”真是可惜，酒精不但没有让我找到满意的答案，反而让我完全失去了耐心和理智，不等冷特把话说完，我腾地站起身愤然离席而去，看也不看被我抛在身后的他。

夜晚的威尼斯依旧延续着白天的热闹，狭窄的街巷两旁小商铺一个挨着一个，个个灯火通明，灯光照着玻璃橱窗里面各式各样的面具、珠宝钟表、玻璃制品和千奇百怪的小纪念品，招引着世界各地前来的游客。人们都在兴致勃勃地交谈，快乐地流连在威尼斯的夜色中，只有我，游离在人群之中的这个我，大脑已经不能呼吸，只剩下一双眼麻木地看着眼前人影交错。

走着走着，我又回到了圣马可广场，花神咖啡厅门前的乐队还在卖力地演奏，人们在月色下享受着高贵的咖啡侃侃而谈，好像每个人都被歌德、拜伦和海明威附了身。我瞥了一眼下午坐过的那个位置，一对身着白色情侣 T 恤的老夫妻手拉手坐在小圆桌前，他们的脸上写满了心满意足。这到底是一个美好的预示，还是一个天大的讽刺？我想不明白。

“你在哪儿？在哪儿！？我已回酒店，到处找不到你，你赶紧回答！”罗马冷特发过来的消息搞得我的手机微信“嘟嘟嘟嘟”不停作响。紧跟着就是没完没了的电话铃，还是他。我被吵烦了，索性关掉了电话，其实我也搞不清为什么突然不想跟他说话，我只是想自己先冷静一下。

我像一个呆瓜走在水城的街道，任由头顶的大月亮带路，茫然不知所措。脑子里面今天晚上自己吃过墨鱼面满嘴黑的样子一闪而过，忍不住苦笑出声。在这样一个陌生又繁华的老城，孤独的感觉似曾相识，嗯，在我遇到冷特之前的感觉又回来了，而且比之前更加强烈。

我给自己买了一张水上巴士的船票，想让威尼斯夜晚的冷风吹醒自己。可谁知，等我上了船，风才刚往脸上一吹，我非但没有感觉一丝清醒，相反却是一阵汹涌袭来的头晕目眩。终于坚持到了酒店门口的巴士站，我强忍着胃里面一个劲儿上涌的恶心，摇摇晃晃走下船，一直走到我认为安全的位置，才一把抓住水边的围栏，翻江倒海地吐了起来，直吐得涕泪纵横。不知道是不是我吐得过猛大脑缺氧产生了幻觉，我感觉有一只大手捉住了我的胳膊，还有一只手在轻轻拍打我的后背。

所有的晚饭被我吐得干净，整个人也跟着清爽了许多。我抬起身，突然被人猛地搂在怀里。我一惊，正要努力挣脱，定睛一瞧才发现原来我刚才不是产生了幻觉，真的是冷特站在我的面前。

“你这是干什么！”冷特随即推开我，单留双手死死捏着我的两只胳膊，然后像是一只咆哮的狮子朝着我吼，“你不知道你这样有多危险！你不知道我都快急疯了！”

“你捏疼我了！”我从来没有见过这样暴怒的他，心里有些慌，用力挣脱推开他。

“你为什么关手机？你看看你的样子！你刚才要是一头掉进水里，就没命了！”

“我的样子怎么了？给你丢人了是吗？这里又没有人认识我。从现在起，我是生是死跟你没关系。”

冷特不理我，只顾着把我刚才吐过的地方清理干净，回来一下子拉起我，像是老鹰捉到了小鸡，大步往酒店方向走。

“哎——我说你慢点，我头晕，走不动。”我站住。我没说谎，是真的，刚才明明感到已经清醒的头又晕起来，两条腿像是灌了铅，我再也走不动路了。

冷特蹲下来，气哼哼地把我拽到他的背上，背起我继续向前。我这次没有反抗。

“你喝多了赶紧睡觉，有什么事情，我们现在也说不清楚，等到明天好好谈。”模糊中，我记得冷特用热毛巾给我擦了脸，说了这句话就消失了。他甚至没有给我留下一个吻。

# 6

# 米兰不是最后的晚餐

# 米兰中央火车站的美女说客

**——天底下那些看似意外的出现都是刻意的行为，而毫无征兆的消失也一定是主观意愿的表现。**

从威尼斯本岛开往米兰的 9738 次列车准时启动，我看着车窗外那一片蓝绿色的海渐行渐远，索性闭上眼睛，但愿我能睡一会儿。这两个多小时的车程，哪怕能有一会儿的充分休息，没准也能缓解那该死的头痛。可是我完全没有一丝的睡意，大脑还在高速运转，或者我根本就舍不得睡着是在等待着谁的出现？今天我才弄明白，天底下那些看似意外的出现都是刻意的行为，而毫无征兆的消失也一定是主观意愿的表现。冷特就这么在我身边突然消失了，就如同那一天在罗马火车上突然站在我的面前一样，完全没有经过我的同意。尽管我跟自己说，他要走就让他走好了！

可惜还是管不住两只眼睛一直不争气地四处寻找他的影子，他那个人在人群中的辨识度还是相当高的，然而从吃早餐的小院子那里开始我就没有在任何地方找到他。

前台的服务员说他一早就结账走了。他去了哪里？我不知道，他没有给我留下一句话。这个几天来陪在我身边的男人突然蒸发了。难道是我一直在做梦，根本就是我自己臆想出来的这样一个高大威猛、帅气无比的好男人形象，不过就是一个超物质的幻觉一直在陪着我度过了这个孤独的异国假期？我闭着眼睛不想睁开，我幻想有只手能突然出现，晃动我的肩膀把我叫醒。

毫无意外地我一个人到达了米兰，针扎一样的头疼依旧没有缓解，但是我必须打起精神来，这已然是本次意大利之行的最后一站了。我拖着我的大黑随着人流向着火车头的方向走，瞧着前面乌泱乌泱的人头攒动，米兰火车站的人可真不是一般的多。

“陈光？陈光——”

难道我又发生了幻听，人群里我隐约听见一个女人在喊我的名字。我停下来，四下环顾了一周，却也没有发现任何一个认识的人。记得有个美国科学家曾经做过有关情绪药方的研究，他说：当你感到焦虑或者不开心的时候，要试着把自己想象成爱笑的、高兴的、精力充沛的人，并要试图以这种感觉影响自己——你想得越活灵活现，这种方法就越有效；另外也可以不断给自己重复说些积极的话，如我一天比一天觉得更快乐、更无忧无虑，不断重复地自我提示，会改善人的情绪、精力和健康状况。我猜，我现在出现的这个幻听一定是在内心给了自己无数个类似暗示的结果，我大概一直在幻想空气中会出现冷特呼唤我的各种情景吧。

“陈光，请问——你是陈光小姐吗？”

不是什么幻听，真的有一个又高又瘦的中国女孩身穿一袭曳地花裙，带着一股仙气儿站在我面前拦住我的去路，一排浓密的黑睫毛下两只乌黑发亮的眼睛正直勾勾地盯着我看。可我完全不认识她啊！

“我是陈光，请问您是——”

没等我问完，她竟然伸出双臂过来给我一个大大的拥抱。然后，笑着看看我说：“幸好没有错过你！”我彻底蒙了，除了她那一头黑白相间的短发，隐隐让我有些似曾相识的感觉，我还是想不起面前的这位女子曾经在哪儿跟我有过交集。“对不起，我忘了自我介绍，我叫冷枫——冷特是我哥哥，我们俩是双胞胎。”

等会儿！我才丢了冷特，这又捡了一个冷枫。到底是什么情况？太夸张了吧？冷枫一阵“咯咯咯”的笑，大概是我的表情太呆傻了才把眼前这位空降美人给逗笑的。

“吓着你了吧？来，跟我走吧。”

“跟你走哪儿去？你这是要带着我去哪儿？”

“回家啊！家里还有人等着你呢！”

“你是说冷特？”

“可不就是他，估计这傻小子都等急眼了。”

“等等，我干吗跟你去你家，去见冷特？”

“来吧，我的妖儿妹妹，咱们有话上了车说行不行？咱俩总不能一直站在这火车站大厅里面啊？”

“我不去，他说走就走，把我一个人扔在威尼斯。现在又想让我跟你——我根本不认识的人回什么家。开什么国际玩笑，当我是什么啊？我是他的提线木偶吗？”

“我的姑奶奶，你们俩人的事儿，他还没来得及跟我细说，我们哥俩到现在都没见面呢！但是，我哥给我的任务我今天必须完成，我必须把你安全送到他面前。”

“跟冷枫见到面了？我在家里等你，今天晚上我给你做一顿大餐，到时候，你想问什么尽管问，我全告诉你，给个机会吧。”微信上一度失踪的罗马冷特竟然在这个时候出现了。

“你瞧，我没有骗你对吧？”

“就你这个哥哥，他就是牵着不走赶着倒退。之前搞得跟神秘人物一样，我怎么问都不说。这倒好，他现在想说了，我还不想听喽。”

“你不知道，我哥他这几年挺不容易的。他——他之前——唉，他不说要跟你说清楚嘛！你就给他一个机会，好吧？说实话，我看见我哥重新交了一个女朋友，我都要高兴死了。”

“什么叫重新？难不成——”

“哎哟喂，大小姐，你就听我一句啊——我个人站在相对公正的角度上说，冷特是一个特别特别特别重感情的男人，他还身怀十八般武艺。而且，你不能不承认他很帅，对吧！这样的好男人你就去跟他吃个晚餐，听听他怎么个解释再做决定，也不吃亏吧。”

“那也还是不能现在就去找他，我预约了下午四点半的《最后的晚餐》。”不得不说冷枫给我的这个理由太充分了，我直接就范。

“没问题，我送你先去圣玛利亚修道院，反正《最后的晚餐》只需要一刻钟时间参观，我等你就是了。”她乐了，这样如释重负的灿烂笑容倒是跟冷特很像。

我上了冷枫的宝蓝色 Smart，她启动车子随手按了 CD 的按钮，音响里面传出来的竟然是《My Day》，真没想到。这首歌很有趣，极欢快的歌词和节奏跟老男人 Lou Bega 那略带沙哑的嗓音演绎形成鲜明反差，最后的效果就等于“完美”二字。我会不自主地被代入，跟着单曲循环摇头晃脑，真是百听不厌。没想到冷枫能给我这样一个见面礼。

“知道吗，两个星期前我自己在米兰机场逛了好几个小时等着飞机去罗马，我想象着意大利的样子，想着整个行程，可那个时候怎么也不会想到如今再回到米兰，会有你来接我。人和人的缘分真是奇妙的气场。”

“你最想不到的肯定是遇上了冷特。”别看身边这个冷枫美人跟冷特长得一点都不像，可是她开车的样子让我一下子就想起那天坐在冷特身边去天空之城的感觉。

“是啊！怎么能想到呢？”

“今天上午我哥跟我说他到米兰了，然后说起你，我也是一惊。”

“你在米兰生活吗？”

“是，我上大学就来米兰了，然后就一直没有离开，留在布雷拉教课，不过现在学生放暑假了，我也在放假。”

“哇——你是艺术家啊！”我扭头，两眼带着满满崇拜和羡慕的目光投向身边的冷枫。“我就说嘛，你看上去有那么一股子艺术劲儿。”

“哈哈哈，什么艺术家，就是个老师而已。那我倒要问问你，你这些天都没发现冷特身上有没有艺术劲儿啊？”

“怎么？他真是老师？也是搞艺术的？难怪那天在比萨遇到他的旧相识管他叫冷老师呢。”

“你等会儿问问他就是了。”冷枫不紧不慢地抛给我一个摸不着头脑的笑。

“我这暴脾气，真服了你们这哥俩的慢性子。多大点事儿，一个比一个墨叽，有什么不能说的。”

# 圣玛丽亚修道院墙上的达·芬奇密码

**——我心里明白，不过就是需要一个理由，一个貌似能说服自己去见冷特的理由，随便一个都可以。**

冷枫和她的宝贝载着我在米兰即宽即窄的街道上快乐地穿行，像是一条调皮的小鱼。

“这是你第一次来米兰？”

“是，这是我第一次来意大利。”

“那你可有的瞧了。这一路你都去了哪里？”

“我从罗马到了那不勒斯，然后弗洛伦萨、威尼斯，米兰是最后一站了……”说到这最后一站我的心里不自觉地一紧。

“就你一个人？”

“嗯，是。说来话长了，我也没有想到这会是我一个人的旅行。”

“你这是一个人的偷欢啊！那你跟冷特又是怎么遇上的？”

“我在罗马去天空之城一日游，他刚巧是导游。”

“他当导游行么？是不是不太会讲话？”

“哪有！他特别能说，每个地方他都能讲出很多故事来听。”

“真是太神奇了，这么多年了——”

“什么这么多年？”

“哦，没事。来，我也给你当一次导游怎么样？”冷枫欲言又止迅速岔开话题。

“那敢情好，求之不得。”

“这个圣玛丽亚修道院和教堂啊，是米兰建筑师索拉里兄弟于1463年修建的。后来米兰公爵卢多维科斯福尔札想在教堂安置自己和妻子之墓，准备扩建修道院。达·芬奇被这个计划所吸引，同期抵达米兰还有另一位文艺复兴大师和建筑家布拉曼特，他们联手使米兰这座充满中世纪传统气氛的城市成为文艺复兴时期的一个典范。达·芬奇至少用了20年的时间起草《最后的晚餐》，而他只在1495—1497年这三年间在大厅北墙就绘制完成了这一幅油画。”冷枫开始认真地给我介绍马上就要看到的世界遗产，那样子简直就和冷特一样。

“《最后的晚餐》这一题材在情节的安排和人物内心活动表现上都难以把握，达·芬奇主要在当时的绘画透视技法中融入一些处于萌芽的巴罗洛艺术因素，建立一种自上而下展开的稳定型构图，上方有3个半圆天窗，中间一个最大天窗由庐多维科的王徽装饰，因为这幅画是他委托达·芬奇画的。”

“你真是专业的，可惜你不能跟我进去，要是你在身边给我讲一讲那就厉害了。”

“没关系，等下你进去也只有十五分钟的时间。你自己先看，可以的话你要尽可能多看一看画的局部细节，出来有兴趣我再给你说。如果有机会，我建议你哪天再去布雷拉看看那里收藏的另外几幅《最后的晚餐》，因为《最后的晚餐》是基督教传说中最重要的故事，几乎被所有宗教画家描绘过。但在达·芬奇画《最后的晚餐》之前，所有的画家对画面艺术形象处理都有一个共同的特点：那就是把犹大与众门徒分隔开，画在餐桌的对面，处在孤立被审判的位置上。这是因为画家们对人的内心复杂情感无法表现，从形象上难以区别善恶。等会儿你就会发现，由于达·芬奇对人的形象和心理作过深入的观察和研究，能从人物的动作、姿态、表情中洞察人物微妙的心理活动并表现出来，他画中的人物打破传统，他笔下的犹大是与众不同的。”

我跟冷枫在售票处门前暂时分开，进去换好门票，接着被工作人员引导到修道院大门口。从入口通往大厅参观的白色走廊的一侧是通透的玻璃墙，可以看见外面精心修剪过的绿植，游客要在走廊里面等待前面的玻璃门一道再一道开启才可以进入，搞得很神秘的样子，我心里甚至觉得这种故弄玄虚似乎有点可笑。不

写满密码的《最后的晚餐》
铺满一扇墙

过，当我从明亮的走廊一脚踏入光线显得极暗的大厅，当那一幅历经五百年风霜的《最后的晚餐》铺满整扇墙壁展现在每一个人的面前时，我的心才确实感到了前所未有的震撼。人们都在猜测达·芬奇在这幅画里面留下了很多秘密，他在这样一幅宽 4 米、长 9 米的斑驳画卷里面藏了属于他自己的密码，以至于后人在欣赏艺术品的过程中，会被视觉所能传达出的信息误导。

必须承认，在达·芬奇的密码面前冷特完全被我遗忘了，可惜当提示参观时间到的铃声响起来那一刹那，冷特又突然蹦回到我的脑子里。大概是这突如其来的声音提醒了我，马上我就要离开这里，见到他了。

我站在约定的地方，看见冷枫的“小蓝鱼”游了过来，却不知道怎么迈不动了步子。冷枫摇下车窗，探着身子朝我喊：“快点啊！干吗傻愣愣的，被达芬奇下蛊了你？”

“不是，我不能跟你去，我自己定了酒店呢！”

“我的妖儿啊！你快点上车！酒店什么的你就先忘了吧，你也不想看见等会儿我被警察贴罚单啊？”

这又是一个我不能拒绝的理由，我听了冷枫的话，乖乖坐上了车子，任凭她和“小蓝鱼”带着我向前。**我心里明白，不过就是需要一个理由，一个貌似能说服自己去见冷特的理由，随便一个都可以的。**

我们的“小蓝鱼”一路狂奔，没有多久貌似已经开出了米兰市中心。

“我们这是要去哪里？”我看着迎面被夕阳映得火红的天空，心里又打起了鼓。

“去我哥家，他在那等着你呢。”

“冷特在米兰有家？”

“是，他几年前从国内来米兰找我，就在这儿安家了。”

“那他又跑到罗马当导游？难道他在那也有家？”

“没有，他只在米兰有家。他的事儿——还是，等会让他自己跟你说吧。”

“你平时住在这里吗？”

“我有我的生活，可不负责给他看家。如果我住在这里，他今天也不用提早回来，估计那一屋子的土够他忙活一天的。”

“嘿，宝贝儿，哪儿呢？到米兰了？”微信上文杰跳了出来。

“你这个夜猫子。都几点了，还不睡觉。”

“我这不是等着12点好跟您说一声——生日快乐！”

对哦，那边已经快到我的25岁生日了，这两天被冷特搅得我几乎忘记了。

“怎么样，你和你的冷特还愉快吧，这几天我可都没打扰你们的二人世界，够意思吗？明天打算怎么庆祝？要不要来点劲爆刺激的。”说完，文杰抛过来一个鬼魅的笑容表情。

“没怎么打算呢。”

“怎么会？你俩吵架了？”

“也不是……”

“那是为啥？你干吗吞吞吐吐的？快告诉我，你一人在外边可不能受人欺负。”

“没有，你别瞎想，现在我正搭冷特妹妹的车子去他家呢。”

“什么什么？他竟然在米兰有妹妹还有个家？”

“嗯，我也是今天才知道，放心吧，我没问题，冷特也不是坏人。对了，他妹妹跟他是双胞胎呢。”

“我的天，厉害了你！你想过没有，他能在米兰买房，那得多有钱啊！可不是普通的导游。你发达了，姐妹儿！”

这我倒是一点没有想到，可是文杰这么一说还真是提醒了我，这个冷特到底是个什么来路，难道这就是他总把自己搞得很神秘的原因。不管怎么样，我喜欢冷特，是很单纯的喜欢，跟他隐藏的任何密码都无关。

“嘿，怎么样，准备好了没？我们再有五分钟就到。”冷枫摘下电话耳机，朝着我挤了挤眼睛说：“马上就要见到心上人了，有点小激动？”

我能感觉到自己的脸开始迅速发胀，低头不语。冷枫笑了，她指着远方被晚霞映红的山脉，“好啦，不逗你了。你瞧，再开过去就离科莫湖不远了，很美的地方，有机会让冷特带你去看。”

是的，我紧张极了，心跳不知道有一百几十次每分钟，反正我不敢张嘴，生怕一不留意就从嘴里蹦出一颗怦怦乱跳的红心。

# 生日意面和奶油蛋糕

**——忽然之间，房间里面响起 Adam Levine 的《No one else like you》。冷特拉起我的手，说："来吧，我们跳舞。"**

冷特的灰色石头房子看上去就像一位耄耋老人隐匿在山脚下一片树林里面，屋外除了大尾巴松鼠和叽叽喳喳叫的鸟没有其他的邻居。冷枫引着我穿过花丛走上石头台阶，用力推开黑褐色的木头门径直走进去，第一眼客厅却是完全意想不到的现代通透设计，穿过头顶硕大的蒲公英一样的水晶吊灯看过去，迎面一扇巨大的落地玻璃窗外满眼是绿油油的草地，我看着几只黄色的小鸟在草地上跳来跳去玩耍嬉闹，进屋之前狂跳的一颗心也平复了许多。

"来啦——"冷特不知道从哪里冒了出来，展着两只手站在一边，那件我熟悉的普鲁士蓝上衣外系着一条黑白相间的条纹围裙，一副大厨的打扮。

“哥，你太不像话！多久才露一次面，这还没见面就给我安排活儿！”

“嗯，是，是，我错啦！来，我在做意面，欢迎我们的两位大美女归来，欢迎——远道而来的寿星佬客人。”冷特的一双眼睛看着我，闪着光，说：“妖儿，生日快乐！”

一位耄耋老人隐匿在山脚下一片树林里面

“妖儿，生日快乐！”冷枫回过头抱住我，在我的脸上轻轻亲了一下，然后说：“好啦，寿星我也给你带回家，你们俩好好浪漫吧，我走喽。”

“嘿，冷枫，别走啊——”我伸手拉住她，谁知她却像个小泥鳅一样滑腻，一下子就挣脱了。

“我才不要当灯泡！”说罢，她朝着冷特挤了一个坏笑，花裙子一闪就消失在门外。

“你怎么知道我生日？”

“那还用问，你护照上都写着呢。你还真是日本人——缺心眼子，哈哈哈哈。”

“你！你说走就走，我还没跟你好好算账，现在还好意思拿我寻开心！”我有些恼了，心中的怒火即将喷发。

冷特赶紧走过来，一边张着手用胳膊推我跟他进了后厨，一边说：“好了，别急别急，真不识逗。你昨天喝多了差点被酒淹死，还吐我一身，你都忘啦？等会儿咱俩再慢慢算账，你现在赶紧洗手干活儿。”

“什么什么——我——吐你身上了？你说什么？这，这不符合逻辑。”真是羞耻死了，冷特说的话万不能想，想了就让我的心里忍不住恶心。我的确是真心不记得，并无耍赖之意。

“你啊，真心是什么事儿都能做出来的。来，咱们不说那些了，今天是属于你的——我的妖儿——生日快乐！”冷特柔软的嘴唇毫无征兆地瞬间压了下来，我的身体被他那两只有力的臂膀紧紧锁住不能动弹，我还能说什么呢，只知道自己头皮发麻整个人又被他吸走了魂儿。

好久，冷特才把我松开，谢天谢地，我差点就要窒息了。

“来吧，今天我给你做个海鲜意面，让你尝尝我冷大厨的手艺。劳烦我们寿星自己烤一个生日蛋糕，你不是总跟我说你喜欢做甜品，喏——材料和工具都在这，水果、鸡蛋、面粉、砂糖、淡奶油……打蛋器、圆蛋糕模、方蛋糕模还有烤盘……差不多够全吧？”我这才认真看一看他的厨房，厨柜是温暖的原木色，银灰色的烤箱和双门冰箱全部镶嵌在橱柜里，铺了铁灰色大理石琉璃台在房间中央绝对占据了主要的位置，上面铺满了做蛋糕可能用到的食材和器具，一切看上去都是让厨师得心应手自由发挥的样子。冷特身边的煤气灶上不知道咕嘟嘟炖了些什么，不停朝外冒出大海的味道。

好吧，那就开始。不记得我是不是跟冷特说过，我自己排解焦虑和烦躁最有效的办法就是躲进小厨房，看面团在烤箱膨胀。今天他倒是完全掌握了我的脉络，二话不说先把我用面粉和烤箱拿下。我不得不说，这一招真管用。当我打开面粉袋，双手碰到面粉的一瞬间，惶惶的内心一下子被熟悉的触觉和味道抚慰了。我拿出鸡蛋一个一个又一个熟练地分离蛋黄和蛋清，接着用小电子秤称量需要的糖、油和奶，一样接着一样向蛋黄里面添加，然后用打蛋器慢慢搅拌。我抬头看看冷特，他正忙着把很细的意面放在平底锅用贝贻和大虾、小虾一起翻炒，红色的夕阳穿过明亮的大玻璃窗斜射进来，映在他抖动炒锅的手臂上，画面真是太美好了。我们两个人心照不宣地各自忙着手里的活儿，冷特把煮好的海鲜汤倒入翻炒好的意面里面，小火慢炖。我接着把称好的面粉筛入蛋黄糊中搅拌，最后拿出蛋清液加糖迅速搅打。厨房里除了打蛋器磕碰料理盆发出一连串“哒哒哒”的声音，几乎听不到其他的动静，我忽然觉得此情此景似曾相识。想到了，这不就是我在妖女岛做的那个白日梦？

蛋黄糊和蛋白糊完美结合，我犹豫了一下，直接把面糊倒入铺好油纸的烤盘，在桌面上震了两下接着放入已经预热的烤箱，所有动作一气呵成。

“不是要烤生日蛋糕吗，怎么这样弄，你这是要烤蛋糕卷？”

“呵，你还挺明白的。等着瞧吧！”烤箱和面粉面前的我有一百分的自信。不用冷特提醒，我自然知道要烤一个生日蛋糕，只不过放入圆形烤模的面糊至少要烤上一个小时后蛋糕胚才能出炉，再加上倒置晒凉的时间，估计等我加上奶油做好蛋糕就要两个小时以后了。今天我必须速战速决，使个看家绝活。

阳光褪去的时候，琉璃台上的巨大圆形操作吊灯慢慢发出温暖的白光由暗到明，整座房子里面的灯也一盏接着一盏从不同的角落亮了起来，客厅房顶的蒲公英吊灯这个时候看过去已然变成散落人间的一颗颗灿烂的小星星。

"你这房子还是智能化管理呢？厉害。"

冷特不知从哪里捧出一瓶红酒，神秘兮兮地递到我面前，眯起他的眼睛说："先别管那些，你知道这瓶酒哪里厉害吗？"

"我哪儿有你懂的多，别卖关子。"

"你仔细看看。"

"仔细看看——1985年的？我的天，这酒！跟你一样大啊！"

"聪明。这可是我珍藏版生日酒，一直都当宝贝一样留着。来，今天为了给您老人家祝寿，我也豁出去了。"

"真舍得？"

"怎么舍不得，别说是喝这酒，你就算要喝我的血我也没意见。"冷特调侃的语气里却带着一股子认真劲儿。

"去去去，谁要喝你的血，还让不让人好好过生日了？"

"我的意思就是，也许我不只是喜欢你，我——不知道用什么方式表达。"冷特全神贯注地看着我的时候，眼睛总是眯成细细的，四方下颌紧绷。"你看，这是我的家。"

我完全反应不过来，只能瞪着他的脸，眨巴眨巴眼睛，半天终于憋出两个字："好饿！"

"真是！面条应该烤好了。"他挠了挠头，像一个大男孩一样尴尬地笑着跑去烤箱前，戴上手套端出来他今天精心准备的海鲜意面，像他这样把意面和海鲜炒了又煮，煮了再烤的做法我也是头一遭开了眼。

"天哪！真是太神奇了，满嘴是大海的香气。"不得不说，冷特牌海鲜意面毫无疑问地完胜那一天中午在佛罗伦萨，由米其林大厨亲手烹制的海鲜意面。此刻，大鱼小虾各种各样的鲜美味道全部融入貌不惊人的细面条里面在我的舌尖跳舞，这必须是我吃过的最美味的意面。

冷特好像是个得到高分的小学生，咧开嘴露出洁白的牙齿笑得灿烂，说：“这可是我的独门秘籍，修炼了很多年的功夫，要不然怎么好意思拿出来显摆。来，生日快乐！”

水晶酒杯碰撞发出的声音是我喜欢的音符组合成的，血红色的生日酒随着碰撞在酒杯中兴奋地晃动起来。

“这酒的味道也的确独特，深浓有力，果味有丰富。我讲不出来，总之，就是很好喝啦！”

“你慢一点喝，别又像昨天晚上一样喝个烂醉，那就可惜了我的酒。说真的，我为了昨天的事情跟你道歉。”

“你干吗跟我道歉？”

“我没有照顾好你，就是我的错。”

“那你今天这是打算怎样照顾我？”

“我想要跟你说说我以前的故事，如果你听完，明天睡醒觉还觉得可以让我继续照顾你……”

这人是在干吗？我今天生日，他倒好，没完没了出题目，出状况。一想到那个属于冷特的谜底忽然之间要揭晓，我反而浑身不自在。幸好我够机灵，立刻岔开他的话题，说：“对了，吃蛋糕啊！你有没有给我准备生日蜡烛？”

HappyBirthday to me!
生日蛋糕
我要跟你一起尝

“嗯，刚才你做蛋糕神神秘秘的，我倒要看看你是怎么用蛋糕卷完成生日蛋糕的。”

我把蛋糕从冰箱捧出来，冷特帮我插上一根彩色的小蜡烛点燃，跟着房间里面的灯慢慢变暗，直到只留着蜡烛的红色火焰在我们的面前跳动，简直太神奇了。我隔着火焰看见冷特古铜色的面颊闪闪发光，他开始轻轻地为我哼唱生日快乐歌，声音不大却好像在整座房子里回荡。我只觉得鼻子一酸，眼前他的脸庞有些模糊。

“许个愿吧。”

我将双手合十，闭上眼睛，忽然想起了在罗马许愿池许下的那个愿望。这一次我并没有许下相同的愿望，我只希望——面前的这个男人能够一直陪伴在我的身旁。管他的什么过往什么将来，本姑娘我统统都不在意。无论如何，我也不要和冷特分开。

我吹灭了蜡烛，屋子里的灯重新亮起来，冷特把身子探过蛋糕，亲吻我，以至于我根本没有机会向他说一声谢谢。

“原来你是把蛋糕饼切了两半，再立起来拼卷成了个圆蛋糕啊！巧妙！有点意思！”

“知道我的厉害了吧？快尝尝好吃吗？”

冷特用勺子挖了一大块蛋糕放进嘴里，说：“我要跟你一起尝。”奶油蛋糕便瞬间融化在我的舌尖，甜而不腻，香极了。

Is everything just right

…

It looks like you

Feels like you

Smiles like you

I want someone just like you

忽然之间，房间里面响起 Adam Levine 的《No one else like you》。冷特拉起我的手，说："来吧，我们跳舞。"

# 科莫湖的日出

**——我大概是被他捏疼了手，眼泪止不住地流下来。这时候，一轮猩红的太阳在眼前跳出了水面。我听见冷特在我身边轻轻哼起了那一首熟悉的《初恋的故事》。**

也许是有些口渴，黑夜里我醒了，冷特的大鼻子对着我的脸喘着粗气睡得正香。我小心翼翼地挪动他压在我身上的半只胳膊，伸手摸到枕边的手机一看，时间才刚刚过凌晨四点钟。闭上眼睛，让自己试着再次入梦，可惜徒劳。我模糊记得刚才自己做了一个梦，梦见有一个女孩，我看不清楚她的脸，却能记得她穿了一条漂亮的坠地花长裙，在树林里身披金色的朝阳向我跑过来。对，她那么美，让我一下子想起客厅相框里面那个美丽的女人——冷特说那是他的妈妈。

忽然间来了精神，我索性打开微信玩一会儿，才发现老爸和老妈不知道什么时候给我发了生日大红包。太开心，这是我活到现在所经历的最为奇幻美好的一个生日。“谢谢爸爸妈妈，我在意大利过生日，非常开心！爱你们！马上就要回去了，你们都放心吧。”

“怎么不睡觉？”

“我吵醒你了？”

“嗯，睡吧，来。”冷特把我的手机重新放回原地，伸手把我揽回到他的胸前。

“我突然就醒了，然后睡不着。大概是我们昨晚玩得太兴奋了吧。你知道吗，我晚上做了一个奇怪的梦，梦见一个女人好像穿着冷枫的花裙子，看不清她的脸，可不知道怎么倒是让我一下子想起你妈妈那张照片，你妈妈年轻的时候真美……”

“说到我妈妈——你不是一直都想听听我的过去吗？”冷特打断了我的絮叨。

我被他这突如其来的一问搞得有些不知所措。是啊，我的确一路都在追着他问。难道就在今天，现在，冷特要告诉我什么故事？我的心里突突突猛跳了几下。

“我和冷枫是双胞胎，这你知道。”冷特显然没有理会我的沉默。

“我知道啊，那又怎么样？”

“听我爸爸说，就在生我的时候，我的母亲产道大出血，母亲拼了最后一口气把冷枫生出来就走了。”

“啊——”

“是，从呱呱坠地那一天开始，在过去的生命里，只要跟我有亲密接触的女人就会发生危险，不可估量的危险。”

“我——我听不懂。你妈妈的事情我很遗憾，但是这个事儿跟你没有关系，这是意外，也许还是个医疗事故。”我侧起身，试图安慰一动不动躺在身边的冷特。

“我的降生夺走了我母亲的生命，可能这是一个意外吧。但是，那只是一个开始。”冷特伸手拉开床头柜的抽屉，半倚着床头点上一根烟。我看着一团小红光在黑暗中一亮一灭，几乎不能相信自己的眼睛，这么多天走过来我从没有见过他抽烟。

“我上初中的时候，交往了一个女孩，她当时是我们校田径队的短跑运动员，我是长跑运动员，我们经常在一起训练，早上课前跑，晚上课后还跑，那时候的我们都晒得黝黑发亮，她看上去浑身都带着使不完的劲儿。跑着跑着，她就成了我的女朋友。可是，就是这样健康活泼的女孩，没有多久竟然诊断得了白血病，不到半年就去世了。一切发生得太不可思议，我的精神塌了，这是我的初恋。从那时候起，我就开始怀疑，自己是不是不能接近女人，她们会因为我的接近发生不好的，甚至可怕的事情。”

“你——我都不知道你会抽烟。”我能感觉冷特的烟抽得很猛。

“我曾经一度抽烟很凶，后来戒了。这包烟放了很久，现在几乎都干了。”说罢，他又接上一根。

“其实，你刚才说的我觉得并没有啥科学依据，你不要这么想。你看——冷枫是你妹妹，她也是个女的，一直都好好的没有遇到危险，不是吗？”虽然冷特的话让我听得头皮发麻，但还是努力平静着自己，让我的语速听上去很淡定。

“大家当初也是这么说，久而久之，我也跟着相信了。我很努力地学习，想要忘掉这些不愉快的事情，因祸得福考上了清华大学的建筑系。一招科举得了状元的年轻人，哪个不骄傲，骄傲的我忘了伤痛。大二那年，赶巧有一个机会让我认识了后来的女朋友，她是北大日语系的高才生，她总到我们学校找我玩，玩着玩着她说你做我的男朋友挺好。我一看，人家姑娘貌美如花，主动跟我示好，我哪儿还有脸拒绝。我们俩当时是让人羡慕的一对，在清华上学期间我就开始跟设计院合作搞设计，大四的时候我的毕业设计就得了国际大奖。我被清华保研继续学习建筑设计，那两年我整个人都被设计的激情淹没了，我要设计出完美的作品，我要成为伟大的建筑师。我一边忙着设计一边计划带着她出国留学继续深造，每天我都沉浸在自己对未来勾勒的虚幻的完美图画里面头昏脑涨。”

“这不是挺好，那她——后来又怎么了？”

“等我申请下来美国加州柏克莱大学建筑学院的全额奖学金，兴冲冲地去找她时，我才发现她不知道什么时候跟我最好的哥们在一起了。她说我完全忽视她，她觉得当空气人的感觉很不舒服。”烟卷前面红色的小火团猛烈地颤动了几下。

“这，这次你是受害者吧，再说好聚好散呗。”

“我当时也是这么想，约了他们俩吃散伙饭，好聚好散。吃饭的时候，气氛也算是说得过去。本来这就挺好了，我出门看见哥们新买的富康停在饭馆门口，一下子也不知道中了什么邪，拉开门就上了车非要试驾一圈，他们俩也只好由着我，跟着上车坐在我后面。谁知道，我一脚踩下油门，车子猛地蹿出去直接翻进了道边的沟。我到现在也想不明白，那么小的沟，我是怎么把车开进去的。我当时被磕得头破血流脑袋嗡嗡响，只听得哥们在后面嗷嗷大叫，那女孩坐在他旁边倒出奇安静……”

冷特说着停了下来，烟也灭了，屋子里的空气瞬间凝固。

“后来我才知道，作为这场车祸的肇事者我只是受了轻伤，哥们就没有我这么幸运，他的左腿因此落下终身残疾。最倒霉的是那个女孩——她被撞了头部，血块压住了视神经，双目失明了。一切都是我造的孽。”冷特说这些话的时候，声音没有太多的高低起伏，我觉得自己胳膊上的汗毛竖了起来。

“然后呢？”我忍不住一骨碌坐了起来。

“虽然事后他们谁也没有追究我的责任，但是我知道自己犯下了不可饶恕的罪过，我不敢去见他们。听朋友说那女孩失明以后跟我哥们也分手了，谁也没有再见过她。我按计划去了柏克莱学习，到了美国就不想回来，不想看见伤心地。当时冷枫在米兰学美术，家里只有我爸一人，老头身体特别棒，根本不用我们操心。

日子就这样平平稳稳地一过就是三年，有一天，街道主任给我打电话，说我爸突发脑溢血，人没了，让我赶紧回家处理丧事。”

“等一下，我们开开灯好吗？”我的声音有些颤抖。

“求你了，妖儿——先别开灯，听我说完，我马上就说完了。”

“那，你再点一支烟吧——”我听见冷特努力压抑着他的声音。

“冷枫没有回来，她病了，我才知道她一个人在米兰生病了。我只好自己回国处理了老爷子的丧事，卖掉了爸的房子。原来除了房子，爸还给我们哥俩留了很多钱。”冷特又停下不说话了。我感觉自己的呼吸完全不能自主，只等着冷特继续。

“没想到回国几天，竟然让我在大街上遇到了跛脚的哥们。又说起我们共同的前女友，哥们说他也是刚知道，后来那女孩得了抑郁症，人在两个月前也没了。我听了这个消息心里针扎一样的感觉又回来了，当时就带着老爸留下的钱直奔米兰，我什么都不敢想，除了想逃得远远的，去跟世界上的另一个我汇合。我再也不要交女朋友，再也不要跟过去、跟女人有任何瓜葛。”冷特说完了，他好像是一鼓作气说完了所有想要说的话。然后，屋子里霎时安静了下来，空气中弥漫着烟草的味道中混着一股咸咸的味道，那不是大海的味道，是眼泪。

一切都不在我的意料之中，我的大脑一时间重度缺氧停止了思考。我不知道是在问冷特还是在问我自己说：“那我是怎么回事？”我找不到一个答案，却可以听见自己急促的呼吸声。

“你的确是个意外。”冷特又伸手摸了摸床头，屋里有了一些柔软的微光。他看着我，棱角分明的脸上写满了内疚和爱怜，顿了顿说：“你的出现完全打乱了我的生活轨迹，你的样子和与众不同的个性让我过目不忘，好像有人在我的百汇行了一针。不管你信不信，就连我自己开始也不相信，当我在斗兽场第一眼看见你就有被呼唤的感觉，但是我告诉自己这都是天热带来的错觉，直到后来我成为你前往天空之城的向导……我觉得当时的你我之间好像形成了一个巨大的磁场，我根本控制不住自己的本体想要跟你说话，可又不敢靠近你，我害怕——我怕我的靠近会伤害你。当然最后的结果我还是靠近你，这都怪我太自私，怪我太贪婪。我开始想着，我只是去帮助你解决你遇到的困难，等解决了问题我就退出，可是我发现自己越陷越深，我发现跟你在一起就没办法离开。”

“别说了，快别说了——”这一路上那个守在我身边高大潇洒成熟神秘、替我排忧解难无所不能的冷特，一夜之间变成了一个脆弱可怜的小男孩，这一次换我把他搂在怀里，把我的下巴放在他的头顶，轻轻抚摸他浓密的头发，就像爱抚一只受伤的小动物。“你啊——这完全都是你的唯心论，都是胡说八道，自己没事吓唬自己玩！什么什么——跟女人亲密接触就会给她们带来危险，亏你想得出来？无非就是交了两个女朋友都失败了的故事。等会儿，该不会——”

“什么？”

“天哪，该不会我长得跟她们其中的谁有点像？”

“完全没有。”

“谢天谢地。那就没问题了。”

“我只是担心——”

“你担心什么啊？担心你就不应该在罗马跟我上同一列火车，帮我找手机。担心你就不该爱上我！现在，你说什么都晚了！我还不信了！我偏要试一试，试给你看，你刚才说的都是无稽之谈。对，还有，你瞧，冷枫，冷枫她不是好好的？”

“冷枫是我双胞胎妹妹，说到底，我们是一个人。”

“那，我也不是一般的女人啊！你不是说我是妖儿嘛！对，我是妖儿啊！冷特，你别担心。我是女妖，自然什么都镇得住。”我的心在颤抖，终于找到一个让自己信服的理由，这个看似荒诞的玩笑现在竟然成了唯一支撑我勇敢爱下去的理由。我告诉自己，这一次我要定了，就是要有一次任性的恋爱才不枉我此生。我必须让自己强大起来，我不能任由这样的情绪再蔓延下去。

我跳下床，咬紧牙关对着冷特大叫：“你呀，你呀，我当你一直磨磨叽叽吞吞吐吐的有什么不可告人的秘密，我还当你有个三妻四妾，四个儿子六个闺女的呢！感情就这些？没劲没劲，白白害我伤了神，说得我都饿了。你听，我肚子咕噜噜在叫唤抗议啦！快起来，给本妖儿去准备早饭。”

房间里面所有的灯又亮了起来，冷特给我煎了培根和鸡蛋，又烤了一片吐司，牛奶在微波炉打热了放上来。早饭很简单，但是闻起来特别香。我真饿了，大口大口全部吞了下去，才看看身边的冷特问：“你一点都不吃？”

他一副哭笑不得的样子，看着我说：“也许我就是被你这副吃相迷惑了。”

“我们现在出去走走吧？”

“现在？天还没亮？”

“那正好，冷枫带我来的路上说前面不远就是科莫湖。反正我们也睡不着，我也吃饱了，你带我去看日出。”我把两只手挂到冷特的脖子后面边，面对面地命令他。

“好啊！你这脑瓜真够用，这真是个好主意，我怎么就没想到。”太好了，我终于在冷特的眼睛里面看见了一丝熟悉的光芒，我就喜欢他这股子充满男性荷尔蒙的声音。

果然如冷枫所言，我们开车不过十几分钟就到了科莫湖，此时的天边已经微微擦亮。冷特把车子熄了火，我们两个人安静地坐在驾驶室里，对面一片雾蒙蒙的朦胧湖色，看几只野鸭扑棱着翅膀飞来。

“你就这么喜欢意大利？”

“也不是。”

“那，你回去吧。我过两天就要回去了，我舍不得你。”

“这事在我决定带你回家之前我就想好了，如果你不愿意来意大利，我就跟你回去。你去哪儿，我就跟你去哪儿。”

“真的吗？你说话可要算话！”

“那必须算话。”

“嗯，回去，你想干什么咱就干什么。话说回来，你不做建筑师真是可惜，你看看这米兰的石头屋，大概很老了吧，都能被你改造得这么舒适，我太喜欢了。”

“我可以给咱们家设计，做你的专职设计师，把咱的窝搞得世界第一舒服。”

“切，你想得挺美，我说要跟你搭窝了吗？”

“你叫我跟你回去，就得跟我搭窝。”冷特扭头看过来，带着他那回味无穷的微笑探过身把我搂在怀里，隔着汽车的操纵杆并不舒服，不过我还是无法拒绝地靠了过去。

“好好好，搭窝搭窝。想想国内旅游业不像意大利，导游其实不好干，你回去也不能干那个。咱们——咱俩开一家餐厅吧？”对，我简直被自己刚才的突发奇想搞得心跳速度瞬间加快，完全没有办法保持一个女孩该有的矜持猛地坐直身体，喜形于色地对他说：“对！我们就开一家餐厅，一家意大利餐厅。你做主厨，我给你打下手，你做你的招牌海鲜面，我可以做各式甜品，你说我这么聪明，快夸我！”

“我的妖儿——聪明！”冷特伸出右手用力拉住我的手，他脸上那一对细目泛着光，好像也跟着我激动了起来，说：“就这么说定了！我们回去开一个小夫妻店，养几个好孩子，安安静静

科莫湖的日出

地过我们的寻常日子。”

我大概是被他捏疼了手，眼泪止不住地流下来。这时候，一轮猩红的太阳在眼前跳出了水面。我听见冷特在我身边轻轻哼起了那一首熟悉的《初恋的故事》。

# 我在米兰大教堂等你

**——我必须在最短的时间捋清楚所有的事情，我要知道我和冷特不是这米兰石板路上有轨电车的两道钢轨，我想要找到属于我们的那个交点。**

金色的朝阳洒满了乡间的小路，时间还太早，路上没有其他的行人和车辆，冷特慢悠悠地朝石头房子的方向开，随着车里一直在单曲循环《500 miles》，我的心也跟着他不停在黑色方向盘上敲打着节拍的手指和 The Journeymen 的深情撩动着。

Away from home,　Away from home
Away from home, Away from home
Lord I'm five hundred miles away from home

Not a shirt on my back

Not a penny to my name

“今天怎么安排？”

“等下你休息一会儿就送我去酒店好吗？我今晚不想住在你家，反正明天就要离开了。”我其实是怕自己舍不得离开，我才不要一个拖拖拉拉的告别，再说不久他就要回去了么。“哦，对了，我上午约了个高中同学一起去布雷拉，还是个男同学哦。”

“我管他是男是女，就是不让你去见什么高中同学。”

“呦呦呦，这还是我之前认识的黑面冷特吗？怎么还学会吃醋了。”我侧过头朝他笑。

“去你的！”冷特不看我，只是伸过右手使劲儿在我的头顶弄乱我的头发。

“我必须得去啊——没办法，来之前就约好了的。你也知道我的计划是一个人旅游，能在米兰当地找个熟人玩一玩多不容易，那会儿我也不知道会半路杀出一个帅冷特不是吗？好啦，我就上午约了他，没说下午一起。我跟他顶多吃个午饭叙叙旧，吃完饭就跟他拜拜，还不行吗？下午，下午你带我去米兰大教堂吧！最重要的地方必须留给你，我的私家冷大导游。”

“这还差不多。说好了，下午我在米兰大教堂等你。”

“知道了，啰嗦。”

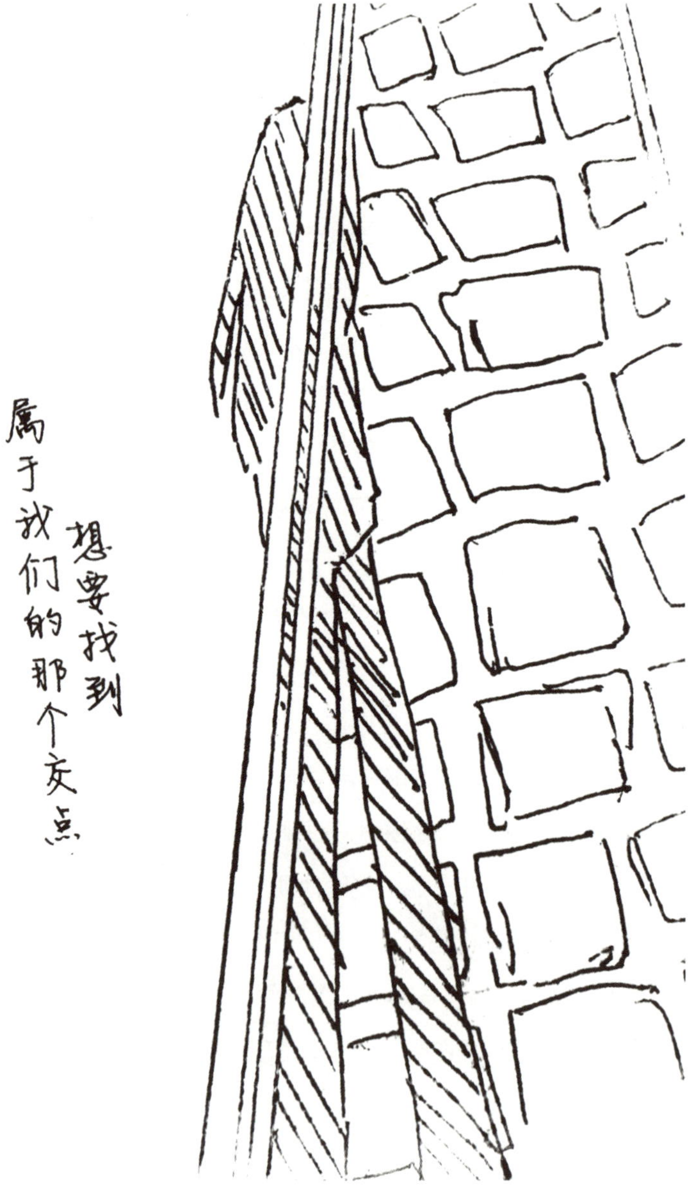
想要找到
属于我们的那个交点

在布雷拉美术学院看了拉斐尔和卡拉瓦乔的大作，也看了冷枫说的另外几位大师笔下的《最后的晚餐》，我却始终处于一种提不起兴致，更确切地说是一种时刻心慌意乱的游离状态。是的，我的内心充满了羞愧，今早跟冷特撒了一个谎。根本没有什么高中男同学，明明从头到尾就是我一个人。

走出美术馆回到街上，我抬头看看没有一丝白云的天空，正午的蓝色明亮得晃眼。我一个人拖沓着脚步在石板路上瞎逛，想一个人出来静一静的念头是早上突然之间蹦出来的，在完全没有准备的情况下我竟然立刻编了一个谎话说出了口，就连我自己也吓了一跳。一夜，就一夜的工夫，冷特给我的信息量太多，一种窒息的感觉卡住我的喉咙，我的心时而坚定时而摇摆，我需要时间消化。是的，我承认我没有想象的那么勇敢，让胆怯和懦弱暂时占了上风。**我必须在最短的时间捋清楚所有的事情，我要知道我和冷特不是这米兰石板路上有轨电车的两道钢轨，我想要找到属于我们的那个交点。**

“陈光？真的是你？你怎么一个人在这？冷特呢？”老天爷，竟然能让我在大街上被迎面而来的冷枫抓个正着。

“嗯，他在米兰大教堂等我。”

“什么情况？你们——吵架了？你怎么耷拉个脑袋。”

“没有没有，冷枫，你吃饭了么？我们找个地方吃饭，边吃边聊好吗？”

“OK，前边就有个餐馆不错的，我带你去吃。”

entrata
4605
La Magia di Riad Yacout a Milano
4605
RIAD
YACOUT
米兰大街上的有轨电车

“要不要尝尝米兰的藏红花烩饭，我猜你在之前还没有吃过吧？”

“是哦，玛格丽特比萨、各式意面、碳烤牛排……自从我来到意大利真是走一路吃一路，正想着到米兰尝尝烩饭呢。”

“太好了，我就知道你要什么。”冷枫的语气像极了她的哥哥，我的心一震，双胞胎真是如此心有灵犀？“说说吧，到底是怎么回事？你为啥把他给扔到教堂，一个人跑出来偷欢啊？”

“不是你想的那样，什么偷欢，多难听。我不是明天就要回家了么，现在心情有点复杂，想一个人静一静，一是想看看没有冷特在身边我到底能不能适应，二是——冷枫，不瞒你说，你哥今天早上跟我说了一大堆他过去离奇的故事，一下子我有点被吓到了。”

“原来如此，他一定跟你说他是女人终结者了吧。”冷枫的面部表情总是透着一种超然的无所不知。

“是。你知道？他刚才告诉你了？”

“我们刚才没有联系，但是小姐，我是他同胞妹妹啊！这么多年，他的那点儿事儿，他的心思我还会不知道吗？你啊——不要理他和他的那些狗屁理论。”

“我没有理他，我鄙视了他的这些奇葩说，然后我还拉他起来去科莫湖看日出。”

“这就对啦，不是挺好，那你还担心什么？如果你就这样被他吓怕了，那你还是那个被冷特吹上天的妖儿吗？”冷枫朝我挤了挤眼睛，拉住我的手，她的手很温暖。

“我就是这么跟自己说的，我可不是一般的女人，所有的事情都能搞定。可是，你知道吗？我又控制不住我自己去联想，我这些日子跟冷特在一起也出了各种状况。自从遇到冷特，我就把手机落在了罗马，这不符合逻辑，我一直都是一个特别仔细的人。还有，我跟他在佛罗伦萨接吻的工夫就把护照搞丢了！你说说，这些事情想一想不吓人吗？”

冷枫无所顾忌地哈哈哈大笑起来，直笑出了眼泪，她用手擦了擦眼角，说：“你们俩才真是天生的一对！什么事情都能胡乱联系，上纲上线。你丢了护照就是丢了护照，跟你吻不吻冷特有啥关系？意大利每天都有那么多盗窃案发生，佛罗伦萨更是多发区，难道失窃都要用宿命论解释吗？还有，你那部手机，竟然还给自己粗心大意找借口，都赖到无辜的冷特头上，真是可以啊你！”

“你别笑话我啊，我这不是跟你分析情况才说的。那问题是，你哥自己早上一直说他的出生要了你们母亲的命，他交了一个女朋友就得病死了，又交了一个后来也双目失明抑郁而终了，太恐怖了吧！他来意大利这么多年，就再也没有交往过女朋友？没关系，你说，我不在意他交往女朋友。”

“你啊——我是真喜欢你，打心眼里喜欢你这股子傻劲儿。”

“我哪儿傻？”

“你一定特别喜欢冷特，特别依赖他吧？所以你才会这么在意他说的话。你要是相信我，就听我一句，与其惴惴不安地相信这些无稽之谈让自己每天在爱与不能爱之间挣扎，不如痛痛快快地享受当下，做自己想做的事情，大胆地去爱。就好比，每年都会发生飞机从天上掉下来的事故，你难道就不坐飞机了吗？还是那句话，我们谁也不知道意外和明天哪个先到。难道就因为我们怕意外的降临，躲在家里不敢出门，或者索性在黎明来临之前自己来个了断？不会吧。”

还没有等我回答，白色餐盘中黄灿灿的藏红花烩饭配一块小牛膝被端上了餐桌，浓郁的香气一股脑就往我的鼻子里面钻。

“快尝尝我们米兰最好吃的烩饭，别看它的材料就是简单的米和帕玛森奶酪及藏红花，但各种原料都大有讲究。开吃开吃，包你吃了心情大好，什么也不怕了。”

我点点头，顺从地放了一大勺烩饭到口中。嗯，除了米饭吃起来有点夹生的口感，留在口中的味道果然很妖艳。

“你在哪儿呢？”

“在米兰大教堂门口等你呢。一直。”

走过维多利奥·埃玛努埃尔二世长廊，穿过来来往往的人群，我看见阳光照耀下白色哥特式大教堂闪烁着高贵的光芒，教堂门前的台阶上那个身穿与天空同色上衣的男人，离我那么远又那么近。

“等我，马上到。”

我三步并作两步加快步伐，直到最后朝着教堂跑了起来，我看见不远的地方冷特猛地抬起头一怔，然后便咧开嘴笑。我看到他洁白的牙齿，我看见他朝着我张开双臂。“我来啦！”我一下子好像猴子附身，一口气冲过去“噌”地蹿到他的身上，劈头盖脸给他一顿乱亲。我决定，不管发生什么，我都永远爱他。

**锡耶纳大教堂**

# 再见，意大利

——头顶的氧气面罩“唰”地一下脱落在眼前，这是我有生以来第一次看见氧气面罩的模样，可惜没有多余的时间供我欣赏，我必须跟大家一样迅速把它套在自己的脸上。

“我说不用你送，你非要送。送就送呗，又一路臭脸不说话。哎！我就要走了！我们不知道多久才能见面啊！你摆臭脸给谁看？”我看着身边闷头开车一言不发的冷特，再也忍不住心中的无名火大声抱怨起来。

“我没有臭脸，我只是在想后面的事情，好多好多事情都在我脑子里面不停地转。”

“你可以等我走了，一个人慢慢想、慢慢转啊，不差这一会儿吧。”

“我必须马上想，现在就要想全了。”

“那你想吧！我闭嘴，不打扰你。”

“哎呀，我不是这个意思，我在担心你一个人回去。”

“你担心什么，来的时候就是我一个人，你有没有担心过我？你现在最该担心的是行车安全，拜托，眼睛看着前面的路，别走神！”

“你——你这不是不讲道理吗？你来的时候——我那时候——哪儿知道有你这个人，我怎么担心？”

“行，你都对，你比我大，你有本事，你聪明，你见得多，你说的都对。”

“妖儿！你这是干吗？”

早上八点钟，冷特准时在酒店楼下等我，我拖着大黑看见他的时候他明明在朝着我笑，我喜欢看他的笑，会让我想起托斯卡纳的金色阳光。可谁又会想到这开往机场的路上，身边的空气一点一点冷却，直到现在变得如此的不愉快。早知如此，我宁可花上几块钱坐机场大巴，倒也图一个清净。

对啊，我这是在干吗？我竟被他问得不知所措，低下了头。

冷特按下了车载 CD 的按钮，说：“听听音乐吧。”

“Beyond the sea?”

“嗯。”

我们谁也没有再说话，只是静静听歌。Love is all around, Summer wine, Pairs blues…一首接一首，任凭空气中缓缓流淌的音符来填满我们四周的空间。

“对不起，我也不知道自己刚刚为什么着急。我知道你不放心我，可是——没有什么不放心的，再说，你不久也要回去了，我们马上就要在一起，想一想是多开心的事情啊！我昨晚激动得一夜没睡踏实。不过，你说得对，这期间确实太多事情需要我们去准备，太多事情要想清楚。我的天，我现在都不敢想……”

“妖儿，别说了，都是我不好。”冷特扭头看了看我，接着伸出右手轻轻抚摸我的头，像是安慰一只受伤的小动物。

“你看路，好好开车。嗯——我拜托你一件事儿？”

“干吗变得这么客气？说。答应你就是。”

“等下到了机场，你就别跟我进去了，我一个人能行，你走吧。早晚都要说再见。”

“不行！你这个人丢三落四的，又要去办托运，又要退税，你叫我怎么放心？”冷特的头摇得像一个拨浪鼓。

“安啦——你忘了我来的时候在米兰机场滞留了五六个小时，你以为我那会儿都睡大觉呢？我当时来回不知道走了多少趟，把一号航站楼 A 区和 B 区地形完全摸清楚了，关于回程在哪里办理登机手续，在哪里办理退税手续，怎么拿钱，我早就搞得一清二楚。放心吧，我做事靠谱，要是没有在罗马遇到你，难道我还活不成了吗？”

“不成，不能听你的，万一有什么问题，我走了，你哭着喊着还得我回来。”

“我们这一次就来个痛快的潇洒一点的告别，好不好？”我用极为平静的声音回答，告诉自己，绝不能在机场、在冷特的面前掉眼泪。

冷特的这个告别拥抱大概使出了他吃奶的力气，简直就是要把我浑身的骨头在他的怀抱里面碾碎。我的大脑因为无法呼吸导致缺氧幻觉，我感觉自己的身体已经穿过冷特的胸膛被他吸进去了。也好，这样便落个省心。

“记着，都办好以后给我发微信。有什么问题直接给我打电话，知道吗？”

“我都知道了，说了一百遍了老人家，啰唆。快走吧，再不走警察要过来赶你了。”冷特并不听，搂着我不肯放手。

必须马上终结这样无休止的告别，于是我开始吻他，在他古铜色的脸颊上、宽阔的额头和希腊式大鼻头上，当然还有他柔软的嘴唇上通通吻了个遍，趁他没有来得及反应，拽着大黑逃也似的扭头便走，一直走到我认为冷特看不见我的人群里才停住脚步，眼泪跟着就流了下来。

退税时间还没到，我来得太早了。我只好一个人和我的大箱子站在机场大厅，就像当初我刚来到米兰的那个早晨一模一样。

“宝贝儿，到机场了吗？”

“到了，妈，冷特送我来的，放心吧。妈——想你了。”

“怎么了你这孩子，你和冷特到底什么情况？有什么事跟妈说，别瞒着妈。”

“哎呦我的亲妈，我这不是马上就回家了，没有坏事，都是好事！回家我慢慢跟您说好不好？我现在要去办理登机手续了，不多说啦！爱你爱你！”

我的脑子发飘，一切都这么不真实，我要的旅程，我要的爱情，在这短短的假期里面都实现了，简直是一场梦。我掐了自己的腿，知道疼，应该不是梦。

“一切顺利，我已登机准备起飞。回去等你。”看着这一条微信发送成功，我长舒了一口气。

“等我，很快。”罗马冷特的回复迅速出现，不知道这会儿他在干嘛。

我将手机调到飞行模式，收起小桌板，系上安全带，戴上座椅上的耳机，音乐频道正在播放莫扎特的《小步舞曲》。飞机已经缓缓推出，向着跑道滑动，小窗外米兰的天空还是那么蓝，我忽然想起直到临走我都忘了一件重要的事情，我一直想问一问冷特为什么那么喜欢穿蓝色的衣服。无论如何，我喜欢意大利的蓝色，冷特穿着蓝色衣服的样子更让我着迷。一万英尺的空中，机长广播提醒我，自己已经离开了意大利。再见了，我亲爱的冷特。CIAO, 靴子国意大利。有一天，我还会再回来看你。

今日机舱内乘客爆满，人们在享用了机上的第一顿餐食后都开始昏昏欲睡，毕竟睡大觉才是打发漫长旅途最有效的办法。可惜，昏暗的机舱里面我无论如何也睡不着，就像昨天晚上一样，无论是不是我闭上眼睛，我的眼前都会晃动着冷特。我打开飞行地图，上面显示飞机现在已经到达了圣彼得堡的上空。这会儿要是能连上飞机里面的空中 Wi-fi 该有多好，真想马上跟冷特联系，没有了网络的时间每一分钟都这么煎熬，我只得又向空姐要了一杯红葡萄酒。

"睡不着吗？"空姐微笑着把红酒送到我跟前。

"是啊，总是在想事情，不知道用什么办法睡觉。"

"别着急，总会有办法睡着的。"

我相信刚才空姐善意的安慰，只是在还没有找到助眠的好方法前，我想该趁这个时间给冷特写封信。我扭开阅读灯，重新戴上耳机打开音乐频道，从书包里面掏出笔记本和自动水笔，我忽然觉得有好多话在意大利的时候没有办法当面跟他说出来，这会儿我有的是时间，可以把所有想说没说的都可以写进去，写一封长长的信，那样他就能明白我的心思了。

亲爱的冷特，你好。

我已然踏入二十五岁，谢谢这个生日有你陪伴，我感觉自己长大了。

说实话，很久没有用纸笔写过信，这些年全部是电子邮件，忽然拿起笔还真是有些不是所措。耳机里传出皮亚佐拉那首著名的钢琴四手联弹《自由探戈》，虽然不知道这次的演奏者是谁，但是美妙的音律和魔幻的线条足以让人停下手中的事情，闭上双眼再投入地听一次。

“我们的飞机遇到超强气流，请大家马上回到座位上系好安全带，机上洗手间暂停使用。”音乐戛然而止，取而代之的是空中乘务长紧张又急促的声音。我才意识到飞机正在剧烈地上下颠簸、左右摇摆，耳机里面的音乐随即再度响起。

头顶的氧气面罩“唰”地一下脱落在眼前，这是我有生以来第一次看见氧气面罩的模样，可惜没有多余的时间供我欣赏，我必须跟大家一样迅速把它套在自己的脸上。

我把头抵在前面座椅背上，紧紧闭着眼睛，浑身止不住地颤抖。老天爷啊！上帝啊！佛祖啊！求求你们放过我吧！我可不想死，我也不能死，我才刚刚满25岁，还有好多事情等着我去做呢！我爸我妈在家等我，我还要跟冷特结婚、要跟他一起开一家属于我们俩个人的小餐馆——是，就算要了我的命，我也不会放弃。我偏要跟他好。来吧！不服只管来战吧！

头顶的行李架忽然打开了，里面的行李开始噼里啪啦地往下掉，我只觉得自己的头顶被什么东西用力砸了一下，就什么都不知道地睡着了。

# 尾声

“老板——请问这里是蓝色卡布里吗？”一对年轻的男女手拉手推开玻璃门走了进来。

“没错，就是这里。”老板把两位客人引到窗下一张小圆餐桌旁坐下，阳光这时候刚好透过窗外的藤蔓散落到洁白的桌布上，他尴尬地笑着摸摸头说：“实在不好意思，外面的凌霄花这几年疯长，爬得太多把餐厅的招牌给遮住了。”

“我们现在可以点餐吗？好饿。”

“唔——现在是下午休息时间，只能点咖啡和简单的甜品，不能点正餐。”

“是这样老板，我们俩个是过来这边度蜜月，今天傍晚的火车就离开了。您的这家店是朋友才推荐给我的，所以我们过来的时间有点尴尬，能不能破个例，让我这个馋嘴媳妇尝尝您的手艺？”

“这样啊——可惜披萨现在不能做，没有开炉。意面可以吗？”

“太好了！麻烦您了，就意式肉酱面吧。”女孩的脸粉扑扑的，眼睛里面充满期待。

“没问题，很快。你们先坐，我帮你们倒杯水。”老板说完扭身向柜台走，听见背后的女孩说：“老公，太棒啦！久石让《天空之城》的众多版本里面，我最喜欢这个吉他版的，这家老板还蛮有品位。”他笑笑。

“老公，我去接宝宝，老爸老妈晚上要带朋友过来，点名吃你的招牌海鲜意面，可记得提前准备。”老板娘迎面过来，一面说一面在老板的脸上轻轻一吻。“对了，上午做的草莓蛋糕刚好在冰箱还有一块，等会儿帮我送给刚进门的那小两口。”

“知道了，放心吧。开车小心点，别打扰我儿子在你肚子里的美梦。”老板温柔地摸了摸自己女人的头，古铜色的脸上一对细目里面写满了怜爱。

“才不是儿子，一个我就已经受够了，这次必须是女儿。我走啦。”老板娘不理会男人，挺着大肚子的样子威武得很。“对对，还有，艾特的晚饭我给他做好了，等下你带他出去溜一圈回来直接吃就好了，别——再——给他加小灶，狗太胖也会生病，知道吗？”

“知道了，知道了，我的老婆大人，啰唆。”

“嗯？你要造反？”

“不敢不敢，老婆慢走。”

“面的味道还可以吗？”

“哪里是可以，是非常好吃！看上去都是西红柿，吃进嘴里谁知是满满的牛肉香。这是我吃过的最好吃的意面。老板你是不是去意大利学过烹饪？”

“没有特意学过，我这个人比较好吃而已，在意大利的时候自己一边吃一边研习来的。”

“墙上的这些照片都是意大利吗？好美啊！”

“是，都是在意大利拍的。这些是卡布里，喏，这张是卡布里著名的蓝洞，是我和我太太去度蜜月拍回来的照片，你们小两口有机会一定要去，很美。”

“老公，我们明年就计划去意大利吧！”

“好啊，老婆。老板，谢谢你的美食和提议。”

“谢谢你们喜欢我们的餐厅，欢迎再来我们这里玩。对了，这是我老婆送你们的餐后甜品——草莓蛋糕，祝你们新婚快乐。”